記得我曾經存在過

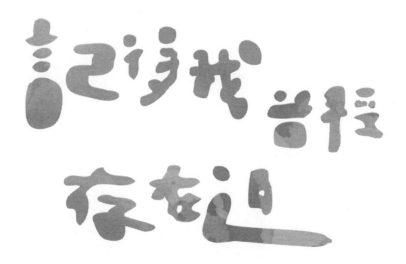

柯彥瑩（余小光） 著

獻給父親柯富騰先生、母親施宜均女士。

我們集體營火，在一個太多祕密的沙灘。

【總序】台灣詩學吹鼓吹詩人叢書出版緣起

蘇紹連

「台灣詩學季刊雜誌社」創辦於一九九二年十二月六日，這是台灣詩壇上一個歷史性的日子，這個日子開啟了台灣詩學時代的來臨。《台灣詩學季刊》在前後任社長向明和李瑞騰的帶領下，經歷了兩位主編白靈、蕭蕭，至二〇〇二年改版為《台灣詩學學刊》，由鄭慧如主編，以學術論文為主，附刊詩作。二〇〇三年六月十一日設立「吹鼓吹詩論壇」網站，從此，一個大型的詩論壇終於在台灣誕生了。二〇〇五年九月增加《台灣詩學‧吹鼓吹詩論壇》刊物，由蘇紹連主編。《台灣詩學》以雙刊物形態創詩壇之舉，同時出版學術面的評論詩學，及以詩創作為主的刊物。

「吹鼓吹詩論壇」網站定位為新世代新勢力的網路詩社群，並以「詩腸鼓吹，吹響詩號，鼓動詩潮」十二字為論壇主旨，典出自於唐朝‧馮贄《雲仙雜記‧二、俗耳針砭，詩腸鼓吹》：「戴顒春日攜雙柑斗酒，人問何之，曰：『往聽黃鸝聲，此俗耳針砭，詩腸鼓吹，汝知之乎？』」因黃鸝之聲悅耳動聽，可以發人清思，激發詩興，詩興的激發必須砭去俗思，代以雅興。論壇的名稱「吹鼓吹」三字響亮，而且論壇主旨旗幟鮮明，立即驚動了網路詩界。

「吹鼓吹詩論壇」網站在台灣網路執詩界牛耳是不爭的事實，詩的創作者或讀者們競相加入論壇為會員，除於論壇發表詩作、賞評回覆外，更有擔任版主者參與論壇版務的工作，一起推動論壇的輪子，繼續邁向更為寬廣的網路詩創作及交流場域。在這之中，有許多潛質優異的詩人逐漸浮現出來，他們的詩作散發耀眼的光芒，深受詩壇前輩們的矚目，諸如鯨向海、楊佳嫻、林德俊、陳思嫻、李長青、羅浩原、然靈、阿米、陳牧宏、羅毓嘉、林禹瑄……等人，都曾是「吹鼓吹詩論壇」的版主，他們現今已是能獨當一面的新世代頂尖詩人。

「吹鼓吹詩論壇」網站除了提供像是詩壇的「星光大道」或「超級偶像」發表平台，讓許多新人展現詩藝外，還把優秀詩作集結為「年度論壇詩選」於平面媒體刊登，以此留下珍貴的網路詩歷史資料。二〇〇九年起，更進一步訂立「台灣詩學吹鼓吹詩人叢書」方案，鼓勵在「吹鼓吹詩論壇」創作優異的詩人，出版其個人詩集，期與「台灣詩學」的宗旨「挖深織廣，詩寫台灣經驗；剖情析采，論說現代詩學」站在同一高度，留下創作的成果。此一方案幸得「秀威資訊科技有限公司」應允，而得以實現。今後，「台灣詩學季刊雜誌社」將戮力於此項方案的進行，每半年甄選一至三位台灣最優秀的新世代詩人出版詩集，以細水長流的方式，三年、五年，甚至十年之後，這套「詩人叢書」累計無數本詩集，將是台灣詩壇在二十一世紀中一套堅強而整齊的詩人叢書，也將見證台灣詩史上這段期間新世代詩人的成長及詩風的建立。

若此，我們的詩壇必然能夠再創現代詩的盛唐時代！讓我們殷切期待吧。

二〇一四年一月修訂

詩在，我們在

紀小樣

對吾而言，幫人寫序，真真是比自己寫詩還難；寫詩，吾可以不管旁人、天馬行空、遥行揮灑……；寫序，你不可能毫無張本，亂語一通。

這並非「胡言」——跟現代文類比較起來，惟「詩」敢於這樣開口：這是一個「華語語系」的夢。在文學的黝暗長空，我從年輕的「夢遊」執迷，到中年的不悟「追夢」——幾次從馬背掉落，復被馬蹄踢醒，睜著密布血絲的詩眼，隱約又看見了一道「光」。

是的，一道光，一道被詩壇前輩蘇紹連老師讚譽「光澤熾盛」的光——柯彥瑩（余小光）——多年前初識他的時候，這傢伙就給吾灌了一碗迷湯。

記得彼時——余小光說：「小樣老師，您知道我筆名的由來嗎？」

（O.S.吾心裡嘀咕：俺為什麼要知道？）

「這筆名隱含我三個心儀的作家，余秋雨的『余』；紀小樣的『小』；歸有光的『光』。」

（O.S.難怪你會寫詩——我聽你「話虎爛」！）

為了取信「余吾」，小光大概說了我寫過的幾首詩篇名，又念了吾幾行詩。所以，唉！就注定了吾今天比寫詩痛苦千百倍的寫序工作！

（O.S.小光，你要知道哦！你這一舉動，讓詩壇難產了千、百首詩。）

當要出版第二本詩集要我寫序的小光看到這裡，吾猜想他心裡也有一個更大的O.S.——

（小樣老師——我也聽你在「畫虎爛」！）

——說真的，這篇序，吾拖了一年：

「小光，我寫序……很慢、很慢哦！前此，蘇老師那篇我寫了十個月，比真正生一個孩子還慢！」

「沒關係！我可以等。」

「那，你這一篇，我要不客氣地，寫一年哦！」

「好！我等！」

（O. S.這真像是婚禮誓詞啊！）

這篇序，吾拖了一年？

真確地說——是「一年」又「一個禮拜」，好啦，又加「三天」！

（O. S.尬！真不能再拖了，再拖就「詩信」了！
這樣吾，往後要如何在所謂的「詩壇」立足啊！
詩壇，確實不是我們兩個人，說了就算的！）

妻說：「幾次你幫人家寫序，你知道我們可都要很小心謹慎地過日子啊！……%&@₱₨₩$¥¢……！君，不見那麼多出名的作家，只要掛個名推薦，就好！而你寫序卻好像在賣命啊！」

「哇！原來，我是這樣子的啊！真真是不可原諒啊！下輩子不要嫁給這種人！」我打哈哈安慰著妻。

「這輩子就倒了八輩子楣了，還下輩子！」
「倒楣，妳知道這有多嚴重嗎？那，妳念地藏經，請祂們——再往下幫我挖一層！以解妳心頭之恨！」

是的，一篇序，不需要文本的細部解讀、評論……，那是研究者、評論家的工作，「序」只要整體以觀，為這本書的讀者理出一個清晰扼要的解讀輪廓，進一步甚且再給作者幾點「針針見血」的建議。準此，吾便繼續進行下文：

余小光應該是一個高度理性秩序的人。這可以從他的詩集看出：第一本詩集《寫給珊的眼睛》共分四輯，每輯十二首，第二本詩集《記得我曾經存在過》共分六輯，每輯十首；這種工整甚至「龜毛」的編排風格頗像一區一區的養殖魚塭——長、寬、高，幾乎一模一樣的水池，放養著不同大小，卻幾乎相同種屬、數量的熱帶魚……。

（當然，並非那麼無趣，你可以在某些水池中，看見閃動不同鱗光的散文詩，這類稍微突變的魚種，值得注意：好像越養越多了。）

這十輯飼養水區，連起來可是水汪汪地一片海洋。

是的，海軍艦艇兵的背景經歷與碩論《現代詩中的海洋書寫》研究——柯彥瑩從「形而下」親身生活體驗，進而到「形而上」詩（美）學的學術鑽研……，海，已然在他身上與詩（思）想上留下深刻的紋身。故而諸多豐繁的「海洋意象」充斥在小光的詩中，臺灣現代詩的「藍色姓氏」彷彿又歧出了一條鮮活血脈……值得有心研究者將之抽血，驗明其混血系譜、DNA……。

「海」，是生活在這個島嶼的詩人無法迴避（或迴身）的召喚，吾甚至私下認為：在福爾摩沙，不曾為海寫過詩，怎配稱為一個詩人！

再說，小光詩的主旋律，以抒情為基調，題材則不外繞著生活、情愛（情慾／身體）、城市與海洋打轉，彷彿他是一艘「巡洋艦」，以意象為推進器，巡行命名自己的五湖四海。近來，亦可看到諸多文學獎的遺珠——擴大了他的關心／關懷與取材，不再只侷限在個人情愛與生活瑣事、瑣思之上。

再說，「文學獎」沸沸揚揚功過難定，後浪、前浪……遲早都有自己的沙灘。不可諱言，這確實是一片較好覓食的海域（老子說：人之大患，在其有身。靈感、神思或許超凡入聖，但詩人自是難遣俗軀肉胎，誰能剔骨割肉、蓮花化身、騎騎自己的風火輪？）臺灣老、中、青……多代的新詩學者、詩人自是並不陌生，有時風和日麗有時暗潮洶湧；讚美或垢病都在堆疊架構，形成了一種難以一言以「弊／斃」之——的共生。這屬牢騷，按下不表！

你管誰又得獎？重要的是，我們應該如何在沙灘上翻尋被打上岸來的珍珠。青春年華能幾時？你還要砍掉果樹讓它不開花！

（以這邏輯：「飛魚・菲爾普斯」是不應該獲得奧運第七到第二十三面金牌的；我們也該杯葛「老虎・伍茲」用他的球桿玷汙第十八個洞。）

你說得過首獎的人，不能再參加比賽了。笑話！那要不要問問自己：參加過評審的人，不能再繼續評審了！嘎！——這屬牢騷，還是表了！

倩女不該離魂，我們趕快招魂，回到正體：

余小光《寫給珊的眼睛》詩集中，諸多斷句、跨行略顯隨意，操控不甚圓熟，如：「——黝黑的瞳孔彷彿白晝／裡最濃厚的顏色……」（頁三三）、「都有祭祀的名稱。天空／中的箭矢兀自成序」（頁九一）、「圓滑的石頭拋擲向彩虹遷徙／過的廢墟……」（頁一二一），以上略為小疵；在此部詩集中，截斷句子、詩句跨行的方式，最顯眼之處在——以「的」帶領起首的句子，不下三十個地方——顯得突兀莫名，蓋「斷句」的運用，或為句尾「音韻的需求」，或為句中「節奏的調控」，或為句首「字詞的強調」……不一而足，吾以為：斷句跨行以「的」為首的句子（年輕時，吾也曾傻傻地這麼運用），一般皆顯青澀、軟弱，率為詩家所不取，除非特殊需要，如洛夫隱題詩〈給瓊芳〉：「的確我已感知／愛的果實，無聲而甜美」。當然，讀者或小光也可以不信，自鑄偉詞佳句，有教於我！

所幸，在本詩集中，小光已經頗有自覺修正，吾在《記得我曾經存在過》的詩集初稿中只看見一處以「的」為首的詩句——如果讀者沒看見，那應該是小光再「宏觀調控」過了的。

從《寫給珊的眼睛》到《記得我曾經存在過》，我們可以看見小光詩路行旅所邁出的步伐顯得更為闊步自信——至少可以看出小光在斷句的調控與意象的驅遣方面顯得更加圓融成熟。

另外，高維宏曾評論指出：小光創作詩文本，意象與詞彙有一再重複的現象，他發現「陽光」、「海洋」、「天空」、「島嶼」、「風雨」、「夢」、「凝神」、「悲傷」、「選擇」……等，吾則在《寫給珊的眼睛》與《記得我曾經存在過》兩部詩集中更進一步發現，除此之外「貼聽」、「膚質」、「遠方」、「喧譁」、「離散」、「集體」、「縫隙」、「風景」、「城市」、「勇氣」、「色澤」、「向陽」、「獸」、「拾取／撿拾」、「信仰／儀式」、「偏頗／偏旁」、「乾燥／潮濕」「故事／情節」、「隱喻／指涉」、「文明／時間／歷史」、「期望值／最大值」……也不遑多讓！其中，最搶眼的語彙當屬「抵達」與「情緒」這兩個字詞，單單「情緒」這一字眼，在第二部詩集的六十首詩作之中出現不下三十次；堪與上部詩集的「的」起首句，輝映媲美！

除此：「說與不說」、「攻與破／迫使」、「太快、太像只有一個國了」、「回到了人間」……這些語句，更是一句不易地用在不同篇章當中——在此，借用小光詩集中的一首詩〈病歷表〉來作比喻：如果小光是個醫生，他所開出來的新詩藥方，經常會有這些慣用的維生藥劑，這「萬古黴素」未免也開太多了吧！

當然每個寫詩創作之人——無可厚非——都會有自己驅遣意象的慣性思維與語

詞／語彙的個人印記，吾人必須更深入思考的是：大量、重複，在形成自我風格特色的同時，是否也在積澱自己的因循懈怠？

可取的是，小光是勇於前進的詩人，我們可以從其詩作文本之中看出他的閱讀吞吐量：近取商禽、敻虹、蘇紹連、夏宇、嚴忠政、許悔之、李宗榮、鯨向海……遠交莫言、朱天心、村上春樹、竹內好、徐世珍、安貝托・艾柯……正廣泛積累各方文學資糧，多方取法，努力形成自己運轉的星系輝光。

在詩的汪洋大海，除了「52赫茲」的歌聲之外，相信小光更能自覺調整，找到自己的風格、語感，擴大自己的意象、語系，自在地吟遊在浪尖之上。

是的，讓人嫉妒啊！小光出版第一本詩集時未滿二十四歲，顯然比吾更為早熟，其寫詩之勤、之廣，也比我多年前自己的身影，迴旋得更為美妙開闊，正因為嫉妒，所以不免在此多貶抑了他一下，誰叫他要把寫序之重任交到我這雞腸鳥肚、不學無術之人的手上呢？怎能不痛快宰割他幾下啊！

渡過了浪盪的磨練期，如今，三十歲的詩人——余小光——意象的泳姿益加嫻熟，生活的接觸關懷面也有了更大的文字肺活量——這把砥礪過生猛青春的「鬼頭刀」將要刺向哪片壯闊的海域？且讓我們放眼以待，看「小光」如何拍動文字的鰭鰓，縱橫定義自己的詩海？

「詩」可不可以豢養——像精靈寶可夢一樣？

青澀的「余小光」當能不停有機進化，成為更有自信的「柯彥瑩」；期待他鼓動無畏的鰓鰭，運用更偉岸雄闊的語字躍身擊浪，名叫「光」的那頭藍鯨將會拍鰭甩尾——華麗轉身——「余小光」→「柯彥瑩」→吼鯨王……。

文字，是詩人狹義的、可以自覺卻又難以自絕的天地與牢籠，每個字／詞／語句／篇章的創造……都在無形中壯大民族的詩魂！「詩在，我們在」；一個華語大系、詩的綺夢或殘夢，等待我們去開創或終結——是的，新詩百年，國土危脆！在下一次洪水來襲之前，我們是否能以筆為斧或為槳，加緊建造一艘可以容納更多語彙與意象的方舟！

冀望未來的「吼鯨王」余小光，用文字鍛練出自己思想的色澤，用詩編織一個華語詩歌的大哉夢！

我坐在港口聽雨
以整條海岸線為弦

——《記得我曾經存在過・濕樂園》

這是小光〈雪夜林畔小駐〉的第二座驛站，稍歇一宿，酒足飯飽，養好精神氣力，再出自己的「山海關」……。祝福！

喜歡《寫給珊的眼睛・印象・馬祖》的一行詩句：

夫人村距離港口剛好是一瓶啤酒

寫完了這篇序，吾需要的是一打大麴或者高粱。

妻已不奈，喚我下樓吃泡麵了！

拉雜序言——拖拉超過三百六十五天，希望能為小光新詩長城的一塊青磚。

——謹此，與詩人小光共勉、共鳴或者共醺！

詩酒趁年華

徐照華（中興大學臺文所創所所長）

彥瑩要出第二本詩集了，第一本《寫給珊的眼睛》應該是他大學時期的作品，這第二本則是他研究所畢業的成果，這樣持續的創作量也確實不容易。因為這段期間，他要忙著寫論文，又要面對各項檢定考試，「詩酒趁年華」，青春的歲月，最重要的是理想的堅持，再忙也要讀詩、評詩、寫詩，這第二本詩集就是如此完成的。

這個時期他由大學的山城埔里，輾轉來到溫和陽光的臺中市，筆下詩篇仍然沈吟著那段成長的歲月——〈在暨大的日子〉：曾經踩踏過的青春草原、清景的光從霧中醒來、宿舍中蟲鳴回響的眾聲喧譁，更有風箏節釋放的紙鳶，一次比一次更高昂地攀岩在山城的天空；還有年輕的容顏笑談知識的理論，進入智慧之塔的塔柱、詩人尋思的這些繽紛情境，一如你我都曾經擁有過的浪漫回憶。

現實中的他來到了臺中、筆下的詩章走閱過一些特殊的人文景觀，包括一中街的〈瘋人冰〉、市區裡的〈無為草堂〉、還到第五市場旁〈參見臺中文學館〉……等。〈無為草堂〉是坐落在鬧區十字路口邊的一座人文茶館，它有著臺灣舊式的典雅建築，曲折的欄杆、迂旋的迴廊，室內擺放著古老樸質的木製家俱。茶館中更有著閒雅別緻的庭園造景，到處可見小橋流水，垂柳展縷，翠木扶疏、綠蔭四蔽，時時可以聽到潺湲的流水、在茶香氤氳之間、更兼有泠泠的琴箏。體現出道家，無為若水，希言自然的精神。詩篇首三句：「我站在十字路口／猜測著整座城市的說／與不說：輔以古樂的頻調／」此扣住茶館地點的鬧中取靜，讓人雖處於塵寰，卻得返自然。也正吻合所謂「希言自然」的旨趣。緊接著上述第二句之下的：「輔以古樂的頻調／敘述了一種氛圍／那是古籍裡的一種自然／用來抵禦車馬和／聲響的冷。」整首詩用的是一連串的跨行句，雖然用字不多，卻句句串聯、意義連綿。遂而產生連貫性的結構，及流動性的節奏。造成其意脈不絕的表現，此不但深契於草堂中流水、琴箏的聲情，亦契合所謂的：「希言自然」（即無為）的情境。由此可見，彥瑩的詩藝確實是進步了！再看〈參見臺中文學館〉：「所有煎熬的人都有煮字為藥的習慣／這些不被看好的書寫／餵養著生存的孤寂／如果稿紙是整片太平洋

／每一次創作都彷彿鳴笛啟航／尋覓島國的故事／」首三句描寫日治時期的臺灣文人因為國土淪陷，受異族的統治、因此都是精神倍受煎熬的痛苦靈魂，所以他們都以文學創作來療癒創傷的心靈、以紓解生存的困境，此煮字為藥，亦即所謂「苦悶的象徵」，他們是以太平洋為紙箋、以航行的船隻為文筆，創作出一則則屬於臺灣島國的故事。每一次創作雖看來很尋常，不被看好，但卻都是痛苦的吶喊，都是殷勤的血淚書寫，所以叫做「鳴笛啟航」。故本詩篇文字雖淺白，卻精鍊酣暢，字字警醒、深刻有味。大有力透紙背之筆力。

詩篇中亦有讀書心得，如莫言〈懷抱鮮花的女人〉、蘇童〈大紅燈籠高高掛〉等。前者分三段完成，首段僅敘寫小說情節、第二三段則夾敘夾議，雖然詩中所敘情節與小說文本略有出入，但並無礙於詩篇旨趣的表現。全詩以第二人稱「他」敘寫小說主角的故事，第二段如此表現：「你拆解道德的牆／接受我所有指涉的舉動：／一個吻，將彼此緊緊印壓／在火車廂連結的鐵製把手上／許多人在我們的身上觀望／試圖成就一個悖德的信仰／」，女人在小說中就是情慾本性誘惑的象徵，所以說：「你拆解道德的牆」隨後他情不自禁地吻了女人，從此女人就如影隨行地緊緊跟著他；任憑他如何的驅趕、逃避、甚至恫嚇、威脅，都不肯離開。在他回家的路上，女人始終鍥而不捨地跟隨著他。而觀望他的群眾、村民，以及責備他的家人、親友則是代表道德、理性的世俗性象徵，咸認為他深陷女人的魅惑是悖德的。是以第三段則以：「你來，我就要走了／這條河的深度只有村民知道／急流帶走多餘的顧忌／我們決定漂浮回家／口舌微酸，以肉身的纏綿／換取冰釀的眼光／」小說中的他，為了擺脫女人的糾纏，一度施展他海軍軍人的潛水功夫，沉潛到河底，沒想到女人也緊跟著跳入河裡，眼看著女人就要溺死，他的本性讓他不能見死不救，所以他終究還是把女人救上水面。最後女人就跟著他回到家中；就這樣攪亂了他原本就要和未婚妻舉辦婚禮的計劃，而任憑他費盡唇舌，如何地解說，都無法得到父母親友的諒解。是故詩篇第三段才說：「急流帶走多餘的顧忌／我們決定漂浮回家／口舌微酸……／」結尾兩句則寫出本篇的主題：「以肉身的纏綿／換取冰釀的眼光／」警醒有力的揭開：情慾／理性，本能／道德的衝突，此乃亙古以來人類最艱難的抉擇亦正是人們普遍會面對的人生的窘境。

詩集中亦有關於臺灣歷史的辯證思維，如〈二二八・圍城〉。先看第一段：

「乾燥已久的歷史／側臉還有一些血跡／委婉地敘述／是非與正義的矯情／」

二二八事件是發生於距今七十多年前的臺灣歷史悲劇，當時身歷其境的人證、物證皆已不在，但留下來的血淚、傷痕對某些受害者的後代家屬卻仍然是心中的巨痛而難以療癒的。所以詩篇的前句才說：「乾燥已久的歷史／側臉還有一些血跡／」，在民主化過程中各方要求轉型正義之際，尤其是原本遭受壓迫的政治異議組織，他們積極要求調查這件歷史檔案，公布當時威權政府的暴行真相，進而對威權統治菁英份子作出法律的懲處。當被要求還原歷史真相的時候，勢必造成主政者一方的劇烈抗爭，必定是逃避掩飾，所以民主化的進程中，必然會陷入轉型正義的困境與面對歷史真相的艱難。即使政權轉移了，雙方的論點：原本的統治者／受迫害者，本省／外省、民間／官方、各自陳述，然而呈現出來的皆有自己的是非正義、其中某些陳述，尤其是原本威權統治菁英所公布的官方檔案，為抗拒轉型正義、並合理化自己的是非正義，其陳述雖委婉、卻難免矯情。是以詩篇的三、四句才說：「委婉地敘述／是非正義的矯情／」這種各自言說，要求轉型正義、還原歷史真相是很困難的；因為當時身歷其境的人物早已亡故，他們已成人成鬼魂，所謂歷史真相，一如鬼神的結界；誰都難以突破的。此乃形成雙方互相攻防的歷史的「圍城」。因此第二段才說：「如果陰陽師不在／無論誰試圖打破／鬼神的結界／你過不來／我離不去。／」這樣一首短詩卻揭示了臺灣民主化進程中，轉型正義的困境，與面對歷史真相的艱難。

出身於臺灣文學研究所的彥瑩，對於臺灣文學主體性確立的必要也有強烈的自覺。詩集中有一篇〈我有一個華語語系的夢〉。臺灣文學過去幾乎是被放在文化中國、世界華文文學、海外華文文學的脈絡下被看待。隨著各地華人社群的在地意識攀高，華語語系的論述也被提出。所謂「華語語系」，是認為華語是一個文化多元、民族多元的語系，並且要打破中國性的殖民文化霸權，承認語系成員（包括世界各地許多不同的華語社群）的在地性與獨立性。詩篇開頭即以「你是王，親愛的帝王／感謝權威讓我們過度早熟／明瞭龍座前的審判總是漫長……」詩人一開始是以擬人化的方式，比喻中國中心主義的收編與化約，此一文化霸權的展延，遂造成中心與邊緣的懸殊地位，「我們按時進貢／等比的忠誠／張羅各地文化／供你滋養，此時的你／像低氣壓聚攏水分的姿態／重新丈量帝國的領域：／每次替你記錄一段時間／自己就會瘦弱一些／／」詩人接著以「低氣壓的聚攏水分」類比中國性的殖民文化霸權如何的透過血統、語言，將民族綑綁，也就是說中國中心主義企圖將全球華人、或使用華語的人建構成中華民族的旁支，並納之於中國權力管轄之下。這種低氣壓的籠罩當然很快就形成暴風雨了，所以詩篇第三段後半就說：「風暴的氛圍早已將視覺包圍／但是太快、太像只有一個國了／」末段則更強而有力：「風雨的腳步聲響左右巡視／我們在語系的天空降臨／逃離中心與邊陲串供的語境／證明造反有理，妄想撐大系譜的結界／……你將喪失世襲的情緒／」末段以華語語系企圖打破中國的文化殖民，拒絕被收編，並直接質疑、轉化、否認自身的中國認同。從而確立自己於華語語系中的在地化價值。

最後來看他一首謔而不虐的有趣作品：〈環遊世界〉。詩人利用世界各國、各都市、甚至人名的音譯文字之意，以構組、創作成一首充滿諧隱的趣味詩篇。如首段之中：「波哥大還是亞特蘭大？／我在臺北市的圖書館／翻閱雅典，想像卡爾維諾／在面前書寫看不見的城市／阿布達比著告示牌／室內不宜吃伊斯坦堡／當然，雪梨和馬納瓜也是／」首句提到兩個外國城市的名字，其譯音用字恰好皆以「大」字收尾，造成尾字和諧的鑲嵌效果，而後跳到臺北市的圖書館閱讀雅典，「雅典」恰好是希臘首都的譯名，就意義上說，也可借用為淵雅的典籍，所以可以說「我在翻閱雅典」。卡爾維諾是二十世紀義大利的一位小說家，《看不見的城市》恰好是他所創作的一部知名小說，所以可以說：「（我）想像卡爾維諾／在面前書寫看不見的城市／」。阿布達比是阿拉伯聯合大公國的首都，詩中巧妙的將名詞分為兩個音節使用，「阿不達」當做人名，「比」字做動詞，「著」當做語助詞，受詞則是緊在下面出現的「告示牌」，告示牌內容呢？就是此段的末兩句：「室內不宜吃伊斯坦堡／當然，雪梨和馬納瓜也是／」，「伊斯坦堡」為土耳其最大的城市名，因為譯音上最後一字為「堡」，其上又用一個「吃」字作動詞，自然很容易就讓人聯想為西方「漢堡」一類的食物（是以圓形麵包內夾肉、魚、或蔬菜，沙拉為餡的食物），其下的「雪梨」、「馬納瓜」也都是城市的譯名，因為音譯使用的字恰巧是「梨」、「瓜」，都是可以食用的蔬果的一種，經詩人巧妙的組創安排，因為在圖書館的室內，不宜吃東西也就理所當然了。詩人使用這種戲仿的技巧，遂達到文字嬉戲的創作目的。第二段是：「多倫多還是賽爾瓦多？／費城的街道上有很多疑惑／加爾各答了一半／一半留給自己／突然想騎著羅馬參見丹佛／看看佛羅倫斯的天空／還有什麼禪意沒有離開／」此段使用的技巧與第一段類似，而稍有變化。首句提及兩個城市的名字，其譯音、用字恰好都以「多」字作結，也是使用鑲嵌的修辭技巧，造成音調諧婉的效果，接著跳到費城，費城這個城市，恰好在二戰期間美國海軍在此有一個「費城實驗」的疑案，至今這件事仍真相不明，所以詩人有：「費城的街道上有很多疑惑／，加爾各答了一半／一半留給自己／」同上段用法一樣，此將「加爾各答」分成二個音節來讀，「答」字做動詞，「加爾各」儼然成為人名，答的內容很順理成章的，應該就是費城街道上的疑惑，這種用法不禁叫人會心一笑；結尾三句，更是別開生面：「突然想騎著羅馬去參見丹佛／……」羅馬為城市名城，此儼然成為交通工具的一種馬，「丹佛」克羅拉多州的城市譯名，此放在「參見」此一動詞之下，一尊紅色的佛像，如此組創，令人讀之不免擊掌稱妙。

第三段的寫法與前二段相同，只是所利用譯音字義的變化空間更大、更活潑些。首句：「孟菲斯還是提比里斯？」也用同樣兩個都市名作首句，只是此二都市的譯音用字結尾都是「斯」字，造成音調諧美的鑲嵌修辭效果。緊接著「氣象預報迎鋒面的新加坡／將有一場雷雨交響曲／（航班被迫取消了）」此處用「新加坡」這個國家也是城市的譯音用字「坡」，轉用為「山坡」的意思，而溼暖氣流遇到山坡地阻擋，因舉升作用，很容易發生劇烈的雷雨。所以飛機的航班被取消了，是以接著說：「去香港搭船好了，下一班／從上海發船，聽說可能會遇見／遠房的親戚芝加哥。」結句是高潮所在，以「芝加哥」的「哥」轉為對「同族或同輩中比自己年齡大的男子」的稱呼，所以至此又令人會心一笑。全詩三章皆運用此「諧仿」（parody）的手法，以達到調侃、嬉戲的目的。

從這本詩集來看，詩人創作的題材較之前是更加豐富了，眼界也更加開闊了，其書寫的領域、關懷社會的層面也更加多元了，舉凡歷史的、政治的、族群的，地方的、學術的、文化的、地域的……，幾乎做到了「無意不可言，無事不可入」的境地，詩藝的表現也更成熟了，詩作是他生命成長的記憶、詩藝是他生命淬鍊的軌跡，做為詩人而言，詩的創作當然是其終身鍥而不捨的永恆志業，我們可以預見，在未來生命的各個重要階段，彥瑩將會有代表性的詩集一一誕生，同時也祝福其詩藝的精進與日俱增，作品的境界與風格也別開生面、更上層樓！

附註：彥瑩說〈在暨大的日子〉、〈大紅燈籠高高掛〉兩首詩，已經抽換作品，但仍可以在其粉絲專頁窺見一二。

錯位
——翻牆之後，我讀《記得我曾經存在過》

嚴忠政

或許所有的「曾經」都因為有苦痛，才「被存在」下來。

沒有人可以活著離開這個世界，正像是沒有人可以無所苦痛而活著。凡是人，都有問題；只是詩人的存在，部分的乾燥與「潮溼的我」相關，部分的孤寂與「複數的我」相關，「我」（詩人）的存在是衝突、複雜而細膩的歷程，它們從來都不是簡單的問題。而「詩」是計步器，證明「我」還活著，「我」走多少路，就有多少問題被「詩」所意識。

柯彥瑩的《記得我曾經存在過》是更精良的「計步器」。看似完美的肌肉（或者稱為文字肌理的東西）在這本詩集裡，四分之一秒或者每個音步，其實都有它饒富意義的數據。

其中，「剪刀、石頭、布」（輯一的名稱）是一種遊戲機制，是動態平衡也是彼此的制約，因為在漫長的消耗過程中，沒有誰是絕對的贏家，於是我們採取一種「可能的完整」（演化）來維持生態的恆常。如柯彥瑩在〈離開你不如離開我自己〉所言：「我在雙人床開始造水。我們都不自覺地慢慢進化，演化成兩棲的魚。」兩棲之後，我們可以在陸地，也可以在水裡；可以把鰓關掉，也可以習慣分離。所以即使〈離開乾燥的你〉，也得以免疫。

輯二「我有一個華語語系的夢」事涉語言的問題。從古典建築語彙「用來抵禦車馬和／聲響的冷」的〈無為草堂〉到〈鍛鍊一種思維的色澤〉，所謂「在時間的句讀裡」詩人所選擇的「一塊你忽略的領地」，讀者看到的是種種話語的對話，當然也包含你我在就寢前曾經守候的場景與物件。〈雪夜還魂記〉這麼說：「毛毯被子有自己的話語術／讓低溫的靈魂朝向窗外／看那雪地上的腳印終於有人／沿著暴風雪的任性／開始尋找。傳說／今天晚上北方的薩滿／將用社會邊緣人的濃血／畫一幅人物畫」。就寢時分，讀者在吃掉自己的夢之前，是不是也和我一樣找到了自己「內在身體裡」的巫覡（北方的薩滿）？

輯三「環遊世界」的「世界」當然不是「外在現實」中的一般名詞。因為文學的語言一旦進入意象系統，「意象化」的過程必然賦予「物象」特定的情感與意義。就像〈大話西遊〉，那確實是一個距離你我很遠的諾言，不管是要愛一個人一萬年，還是要不遠千里取經，反正人生就是會不停的「錯位」。不是我願意離開原來的或應有的位置，而是我們要的「一萬年」（時間）和「西域」（空間）都距離現實太遠，這中間不是我的「諾言」可以抵達。何況「沿途有許多妖孽作著風騷的夢，我卻時常失眠」於是「每一次想起年輕的色澤，我就喝下整瓶紅酒，成為鮮豔的石猴，彷彿回到了五百年前，與如來佛祖相互對質」。

輯四「殖民的光」、輯五「記得我曾經存在過」、輯六「把你還給了時間」，柯彥瑩整理的所有文字都已經把「時間」鍛鍊成厚實的肌理，厚實到足以跨越障礙，跨越臺灣的全名、小名或者別名。在身世錯綜複雜的島嶼，面對我們或許熟悉，或許也想保持曖昧的歷史，儘管「私密處有許多外來語」（慰安婦），「有人豎起大衣的領子／有人說如果我們還有明天」，詩人就是可以在凌亂中走出一條稜線，雖然「句斷」但仍保持「意接」；刻意迂迴，但也不避開應該處裡的主題。

至於同一個主題（尤其是常見的主題）如何有的不同寫法，這應該才是詩人的才力所在。例如在〈雨具〉這首詩裡：「生活的大雨沿著／街燈的背脊順勢而下」，詩人說他撐起的是「一把沒有被塗鴉過的傘」，傘面只有流淌的雨是清楚易見的（看不到的是甚麼？），「我」以這樣的方式來掩護一個人旅行的縫隙，其背後的歷史相當耐人尋味。也就是說，要有不同的寫法，創作者的「視角」是很重要的。文學中的敘述者（或影像中的敘述者）從什麼角度觀察故事，會因為敘事者與事件採取相對應的位置或態度不同而產生不同的觀察角度。觀察的角度不同，同一事件就會出現不同的結構和情趣。由於新詩往往會採取新的視角，特別是提供新的意象來觀看（重新思考、理解）這個世界，而提供鏡頭下（同一視域）的更多可能。

人生有太多的「錯位」，雖然不是我願意離開原來的位置，但是有了「詩」在觀看角度上的位移，鏡象中的「我」似乎為「我」承擔了一切敘事，讓我不致為別情所傷。像〈初生〉：「今天的船帆／暗紅色，像母親／擁有各式親密的顏色」，是「船帆」的推動，更是「親密的顏色」應許了我。

柯彥瑩的詩集有很長的一段時間放在陽光無法抵達的密室。噪音以為這是一種孤寂；其實，他要鍛鍊的是一種新的翻牆術，看能否從框架中脫逃。

〔目錄〕

作者按：以上序與評論順序按照姓氏筆畫排列

輯一

剪刀、石頭、布

溫柔地消耗彼此

某個猜疑的午後
我決意將你的名姓
重新排列組合
在完全消化以前
你還是你
我還是我

參見桃園國際機場

原來塔臺一直都沒有離開
夜的背脊貼地
受困在單調的虛線
燈的光閃在遠方自燃
等候一群情感的獸
來此平衡鄉愁的偏頗
有時候，更像熟稔的手勢
在旅途的起點搔弄情緒
讓生長的記憶集體
喧譁，直到巨響越境

公領域的邊界擅長收集所有
旅遊的回憶：那些沙漠的駱駝
與脫隊的商旅並行
背負著張騫內斂的期望值
走出漢朝天子的胯下
作了一個月氏人也作過的夢
再過去一點就能夠擁有
葡萄、胡桃、大宛馬

除此之外相簿裡頭
還隱藏一座朱天心的古都
——連日大雪輕搭我們的肩
沿著鴨川的鼻息貼聽彼方
金閣寺的孤寂尾隨御守的祈求

裊裊升起，直達禪宗的天聽
而愛情的正面是你，反面
是湖泊的偏旁以及一株
理解雪花的盤松

不能被明瞭的永遠是回歸的抑鬱
橫越過幾個地圖上的風景
終結漫長的制空權，逐漸壓低
飛行的姿態，直到旅程的濃霧
宣布離散，我們才起身離開關口
卻看見許多膚色的旅人
正拖行著日常，前往
心儀的方向。來去自如

TIA KINACEMLELJAN

焚風輕輕地揮別了
進港的海，所有
被迫遠行的戰士們
面對離散時總會聽見
部落的歌聲迴繞
如同一場情緒的祭典：
南方和故土相視不語
寂靜的鄉愁趨向最大值
瞄準的經緯線卻怎麼都無法
抵達守舊的記憶

在空襲的巡禮下
他們壓低姿態，避免
成為海浪的可能
一些曝晒過的勇氣選擇沉澱
見證了群礁以及海藻
共生的習慣，原來
不知道的遠比想像的更多
比如南進的島國航行於
過去與未來之間，策劃許多
升降的儀式，讓太陽神
哼唱幾首倔強的軍樂
旁敲光陰填詞、側擊魚群譜曲
紛紛落水向浪濤擊掌

大風起兮他們卻只能喑啞
義勇的紀念碑集結哀傷
迫使原野的祖靈起身
仰天悲憫，一種無為的幸福
被摧毀的很講究。然而
尾隨時間脈絡的推移
南海已經成為領域的信仰
理解著鵝鑾鼻對歷史的傾訴
彷彿站在這裡就能夠聽見遠洋的族人
對家鄉風景變化的臆測

附註：TIA KINACEMLELJAN為排灣族語「我的家」之意。

離開乾燥的你

來了，又走，留我一個人撿拾，開咖啡店的夢。

自閉的氛圍一直逗留，希望你打電話介入，很堅強的冰點。那些沒有聯絡的空閒，日子太驕傲，藏起了一把雨傘，陽光自焚。還好，側臉有一些角度。

煮一杯咖啡，餵食，逾期的玫瑰；當背叛輕壓我的靈魂，聽起來有些空洞，彷彿乾燥的你。

離開你不如離開我自己

等記憶龜裂，身體可能有些空洞，我可以帶著酒意，穿越過去。

再開一瓶紅酒，替自己的靈魂染色。你來，入侵臥室，喚醒我未長出的鱗。變成一隻幻獸，隱約回到年輕的色澤，有刺眼的個性，沒有卡夫卡的平仄。

乾燥場域，貼聽體溫的差距。生活與動作重疊，我在雙人床開始造水。我們都不自覺地慢慢進化，演化成兩棲的魚。

浪漫主義思維，超越道德的淨重。尚未修飾的邪惡，扶植配角的角色。降下一場性別的雨，我張著濕漉的眼，消失在雨愈下愈大傘愈撐愈小的縫隙。

我所居住的城市

很多時候，想要
遠離這座城市
尤其鬱悶的天氣
總像是發霉的塗鴉
遮蔽僅存的活力
沒有光，世界就容易哀傷
容易讓疾走的腳步毀壞
整裝待發的情緒。我們生活
在傘下拘謹而行走
聽雨說很多錯過的故事

譬如說遁入地下道
略微潮濕，觀察
行人穿越情節
穿越彼此陌生的雨具
在潛伏的日子裡面
練習收傘、甩髮，面對
日常的陰影。如果不能
不能抵擋抱怨的尖銳，彷彿
連續降雨的季節充滿厭惡
將風雨視為敵人
打亂了舒適生活的信仰

偶爾也有乾燥場域的節奏
那時晒衣場堅持向陽

對決衣架的委屈，服飾
有一些心結歸咎於
破碎的雨季而它們習慣靠攏過去
直到河濱的籃球場決議改建
不能再豢養鬥牛，不能再為此
命名祕密基地。更多時候
決定換一雙鞋子，跟蹤自己
隱匿且躁動的脾氣

豐原甲申年三獻清醮

越過子時之後
廟東的人潮與街坊
立地成佛，慾望
被民俗封口，整座城鎮
陷入一種修行的氛圍

大戶人家以流水席的姿態
敬天、謝地、酬鬼神
小戶人家高掛燈籠
祈求二十年的太平盛世

入夜的眾聲喧譁開始布局
彷彿一場嘉年派對

父親小心翼翼地將虔誠
裝滿竹簍，挑起敬畏的情緒
前往慈濟宮的路上，我們
隨行潛伏在信仰兩側
直到鑼鼓驅逐入睡的夢
所有居民都成為了儀式的辭令

瘋人冰

臺中，一中街，豐仁冰：配料有牛奶冰淇淋、酸梅冰、花豆。冬天也有做生意。因此，老闆和客人，被旁人戲稱瘋子，並稱瘋人吃的冰為瘋人冰。爾後取自諧音，是為豐仁冰。

我們靠攏，在單色調的街
選擇一張童年的椅子，坐下
發現這座城市正在調整季節
——那時將抵達牧場
觀望所有旅人，拿起
時間的乾草，餵養警戒的牛；
彼此的手，貼聽在過多

毛細孔的乳房，卻無法驅使
南方的島國降下一場風雪

雪國不再。懷舊的情緒容易
微酸，轉角略為消瘦
屬性烏梅，然而，碎冰的姿態太多
標記成聚焦的水分，默默
攪和為舌尖的皺褶

攤開東風，漸漸襲來
溫暖探尋過整片花田，我們
竟是風景照的人物，任憑陽光空投
兀自採收飽滿的花豆，輕輕
咬嚙，彷彿擁有太多心事

在齒縫間媚俗：說與不說
對於熱度的想法
都是一種離騷

桐花心事

石板路上驟降一場奢華的雨
使節氣的脈絡不再勤儉、不再
曖昧，彷彿圍城時的攻與破
迫使遠方打開城門迎接你
起身跨越風景畫的邊框
來此成為客人

前往故事的途中總有許多情節
譬如我醒了，山巒也醒了
開始讓桐花和梯田相互指涉：茶香
以呼吸的姿態舒展生活

榖場上的婦人身體左右巡視
挺腰踩踏日常，試圖醃漬一種
傳承與甜蜜的呢喃

對話還沒有結束，花季已經
返回經緯；風雪被迫重新想像
慶典的始末讓聚落的韻腳
偶爾離散，遠行的客人
身形隱喻情緒卻略為單薄

飄落的花瓣終將指認出
時間的雲霧不斷撤退
一把走失的油紙傘
靜態地展示美學，我凝神

覺得寒冷而學會花語
宛如開口就是介於說與不說之間

剪刀、石頭、布

二〇一三年三月十三日新聞，政大博士宋耿郎賣雞排而引起鴻海董事長郭台銘批評：「浪費社會資源」。

突然等到一個驃悍的時代

強壯的時間不斷轉折
聽年少眾聲喧譁，學籍
是唯一被談論的文明：
知識大規模遷徙
往成人的邊荒紮營。我們
都是游牧民族，有一種

追逐草原的宿命
有時像風卻遲遲沒有安全感

輕踩石牆，長城在大霧中
坍毀。進化的戰役
媒體先鋒，在戰場上伺機狙擊
我們措手不及的價值觀
好讓文憑列隊走過
等候救援的學弟，如果可以
不讀書，我只想玩遊戲
剪刀、石頭、布

你出城，出剪刀
剪一塊暴動的雞排

學術的巨人應聲而倒
上流社會退至雨線之內
所有的光都跋涉至此
於是，整個雞排攤位
彷彿生活的隱喻，我觀看
我領號碼牌，偷偷決定
找零的瞬間出布

輯二

我有一個華語語系的夢

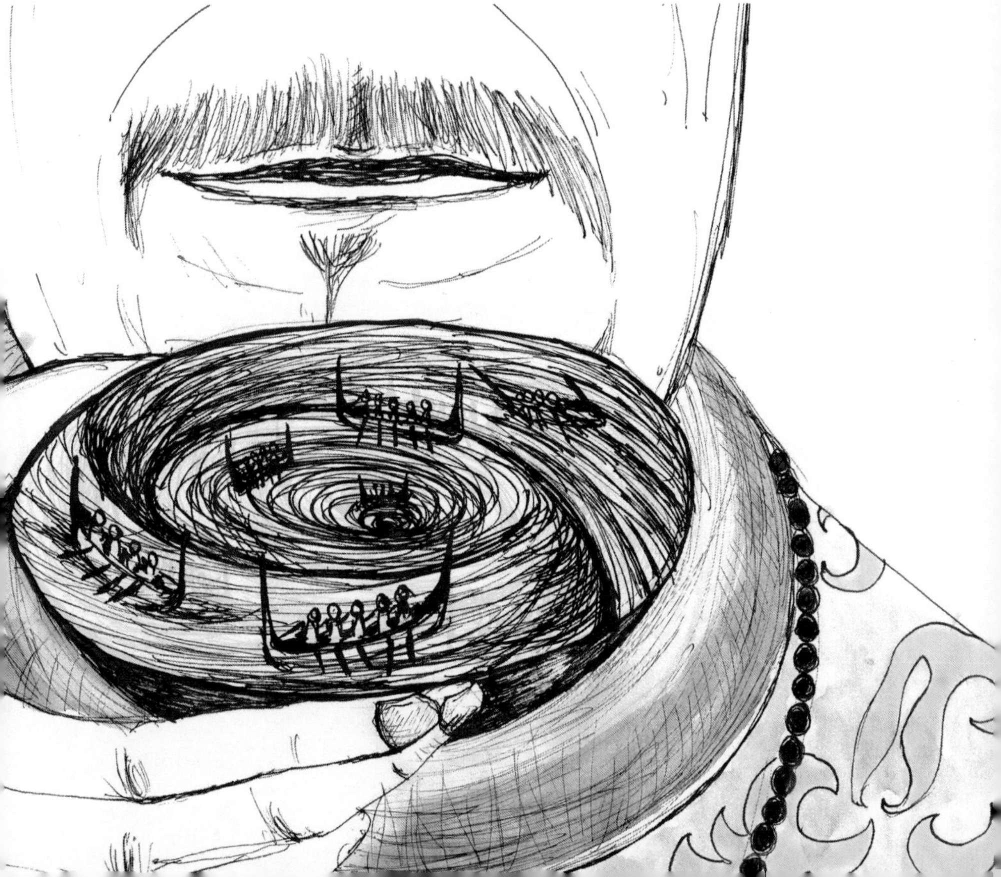

無為草堂

我站在十字路口上
猜測著整座城市的說
與不說，輔以古樂頻調
敘述了一種氛圍：
那是古籍裡的一種自然
用來抵禦車馬和
聲響的冷

後記：無為草堂位於臺中公益路上，古典而優雅的中國式建築，在城市的吵雜聲裡，長成了自己的文化氣候。

寫不出情詩的日子讓我想起某位獨裁者

敵人來了，你的城就抵擋不了太多的誘惑。沒有默許的戰爭，依然有被傳說的可能，你離開了你的位子，留下死亡的高度，給他們測量。

你征服了島嶼，殖民關於我的所有一切：一些鐵器和貨幣、嗜血的皮衣與整座人脈。有人說我是奴化的情人，效忠皇民化政策，學習辨識你的語言，以及高傲的占有性。

那些瑣碎的爭執，一一綁架我們的生活，有時候感覺自己像落寞的統治者，試圖去管理不屬於我的王國，但那裡總有你的鷹爪和椿腳。

雙城記

清晨，從時間的步履聲中醒來
聽見自然的囈語
還以為自己就是第一道曙光
試圖越過窗，越過
昨日的收拾。

兩座巨大的箱子
分別盤踞在沿海的左側
我時常往返，最後
成為了繫緊兩端的麻繩

偶爾也會逗留在同一個地方
直到異鄉人的口音被指認出來

我返回家鄉作為一種抒情的抵抗
面對生活裡的各種插畫
一張又一張沒有命名的風景
總是害怕確認地名而
習慣性背對著城市
朝向構圖的畫家老去

悠遊小說林

我漫步林中時，運用所有經驗與心得來學習生命。

——Umberto Eco

獵人還沒有追來
你可以先走
我將以閱讀的意志
遊走復刻的經典
讓隱喻的風聲
悄然地成為狼嚎
高分貝的音質
像是北極星的索引

以虛構作者之名
遙指章回的連結
你應該知道
卡爾維諾的備忘錄
總是意象精準
重量輕盈

命中。脈絡貫穿結局
從封底的裂痕檢視你
因掉落情節而產生的歧路
我的期望值總是太過用力
讓情緒陷落在故事裡面
無法辨識真實的小徑

我必須背負所有的好奇
直到真理被猜疑包圍
解剖出段落與你的敵意
指認邏輯的掩護
關於讀者的過去經驗
或許能夠驗證
那些預言的箭鏃
如何飛越迷網者的領空

獵人快要追上來了
我吸引他們注意
單手上膛的俐落聲響
兌現一枚彈殼的存在感

你無法目擊自己的死亡
但是旁觀者可以

血泊中荒野屬於迷惑
獵人的哨音已經抵達邊陲
狼群集結在斷崖的前方
輔以月光注入猙獰的尖牙。
我抽離了文字的氛圍
還原讀者的臉孔
決定在熄燈前
慈悲的讀你

TUK

窗外射來幾枝冷峭的箭
我與深海一同清醒了

背影都落款在皺摺上面
趕在碼頭轉側以前
續寫先人的族譜
攜帶一家四口的情緒
往大海裡擱置

這一條道路有時候是單向道
我們總要去年的老陳陪著我們度冬

在臨界點的海岸線
生存撒了最疼痛的謊言

所有鬼（神）都居住在細節裡面
包括故籍的祖靈和海神
我們允許過多的惶恐潛伏
攪和著冰塊和過少的烏金
沒有人可以抗拒季節這樣放肆

那一夜，桑美來了
但她從來就不是我們的信仰
整個部落都是風
一些來不及收拾的漁網
在天空中模仿魚的口器獨自哀戚

那一夜，桑美走了
卻沒有人知道老陳的座標
或許是風雨太強、太快、太像一個國了。
混色的海裡有許多熟悉的聲音
有時候醒來就多了一個

十二點九公里的雪
下不進一個隧道
行車往光源的地方朝聖
一朵尚未開口的刺桐花
被貪婪的眼拍成遺照

午後的漲潮帶著我們靠岸
看見一群旅人
發現明信片裡的風景
我們便從低溫的夢中醒來
諦聽啟航時發出的複音

附註：TUK為噶瑪蘭語的獨木舟

穿越者

青春的牆垣一直在那裡
被時間鑿成一個洞穴
我們曾寄居於此
因為沒有陽光而習慣裸露
習慣藉由體感溫度問候
對方的情緒。或許
我們都應該有更好的選擇

翻過牆，穿越藍色大門
才發現你的張士豪
不在這裡，我也有我

中意的孟克柔
一直以為你的再見
是再也不見

你走了。我的靈魂
逐漸喜歡靠海的領域
一艘小船也能是湖泊的焦點
終日我漂浮在日月之間
妄想有一天能夠還原
自己的原形

我有一個華語語系的夢

我們必須有自己的文化價值。

——竹內好

你是王，親愛的帝王
感謝權威讓我們過度早熟
明瞭龍座前的審判總是漫長
我像一頭被獵的野獸
需要一些震懾來安撫味蕾
而飽食與飢餓的差距
往往是死亡含蓄的矜持

我們按時進貢
等比的忠誠，張羅各地文化
供你滋養，此時的你
像低氣壓聚攏水分的姿態
重新丈量帝國的領域：
每次替你記錄一段時間
自己就會瘦弱一些

你強大的籠罩——
迫使我們背誦每一部經典
彷彿七十二個弟子剛剛走進領土
我知道他們的理想也是你的，那我們的呢？
風暴的氛圍早已將視覺包圍
但是太快、太像只有一個國了

風雨的腳步聲響左右巡視
我們在語系的天空停降
逃離中心與邊陲串供的語境
證明造反有理，妄想撐大系譜的結界
直到彼此的文明開始結痂
你將喪失世襲的情緒

在曠野裡純粹地死去

整個夜以低沉的音階
隨風高壓，衝擊我
豎立的驕傲
如果能立即吞食森林
就能完全擁有光

我快步追隨自己的影子
環繞這漫長的一生
有時像一個圓
有時像一則咒語

任由語助詞與軸心不斷爭吵
彷彿終點若即若離

孤寂都被月光填滿了
我努力成為曠野裡的一匹狼
追逐著嚮往的魔：於此
黑色的彼端隱約有一道出口
我燃燒自己的蹼，在血與肉之間
尋求遠方的最大值

而荒地的偏旁以沙的形式
摩擦著我的臉頰，擦身而過的
還有一枚旋轉的死亡

用鋼鐵的意志緊緊咬囓
撕裂我灼熱的野性

狼嚎如霧，了結所有猜測
我以嶄新的力量遁入輪迴
瀕死的味道有時也像煙
獵人點燃自己的引信
準備在慶典中享用我的恐懼

我被囚禁在一個木質的世界
火與火的情緒相互
交媾，產下高溫的神話
直到昇華的意象被毀壞以前
我以為自己還是一種傳說

雪夜還魂記

順著煙裊的口吻
遠遠地凝神一盞夜燈
指引前方而我的情緒緩緩
駛進小鎮，後方的大廈
已經凍傷失去
知覺的貓猛然哀號
整座城市隨著音頻的拔尖
逐漸縮小為記憶裡的抽象畫

動態的深褐色顏料
攀附著木屋大門

讓無處可歸的遊魂喚醒
自身的向光性，成為
爐火裡燃燒未盡的吶喊
相對於雪夜中冷冽的成就
每一個求生的盼望
彷彿是一種奢侈
而我已然準備就寢

毛毯被子有自己的話語術
讓低溫的靈魂朝向窗外
看那雪地上的腳印終於有人
沿著暴風雪的任性
開始尋找。傳說
今天晚上北方的薩滿

將用社會邊緣人的濃血
畫一幅人物畫

鍛鍊一種思維的色澤

在時間的句讀裡
看見手指整軍
尾隨著情緒而來
兵—兵—兵—兵—兵
我躡腳穿越楚河
卻染上了狼煙的顏色

深色，如吞下的山河
雲集了所有攻與破
迫使我思考，如何

用最卑微的步伐
逼近你的城

於是我卸下軍騎
手持砲火，乘車甩開
士大夫的顧忌
選擇一塊你忽略的領地
遁入，裸身跳躍
冀望成為唯一的將軍

輯三

環遊世界

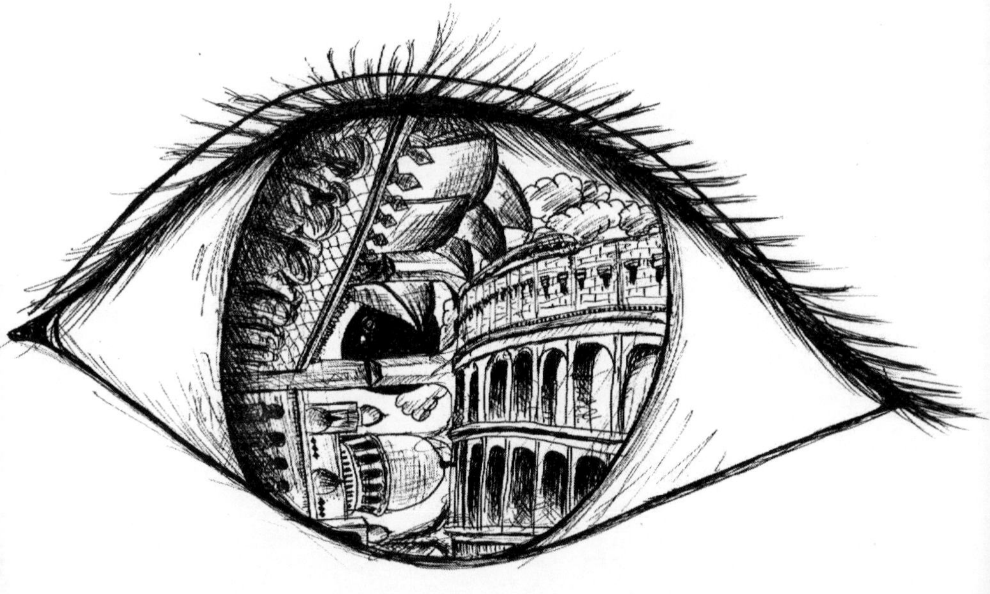

二二八·圍城

乾燥已久的歷史
側臉還有一些血跡
委婉地敘述
是非與正義的矯情

如果陰陽師不在
無論誰試圖打破
鬼神的結界
你過不來
我離不去

環遊世界

波哥大還是亞特蘭大？
我在臺北市的圖書館
翻閱雅典，想像卡爾維諾
在面前書寫看不見的城市：
阿布達比著告示牌
室內不宜吃伊斯坦堡
當然，雪梨和馬納瓜也是

多倫多還是塞爾瓦多？
費城的街道上有很多疑惑
加爾各答了一半

一半留給自己。
突然想騎著羅馬參見丹佛
看看佛羅倫斯的天空
還有什麼禪意沒有離開

孟菲斯還是提比里斯？
氣象預報迎鋒面的新加坡
將有一場雷雨交響曲。
（航班被迫取消了）
去香港搭船好了，下一班
從上海發船，聽說可能會遇見
遠房的親戚芝加哥

啟行：晨走草嶺古道

清晨的天空逐漸恢復了
自己的色澤，一種
接近淡色系的安全感。
那些僅存的月光
都被藍鵲的話語驅逐
緩慢地靠攏太平洋的邊界
我們並肩行走如風
彷彿越過草原就能吹出一條道路

番鴨沿著遠望坑溪送行
彼此的情緒大步向前

橫越過跌死馬橋，看見
老榕樹們正盤坐在步道的偏旁
與黃盾背椿象*眾生喧譁
我們的身形魚貫介入了牠們的玄談
直到所有自然的聲響與記憶
都風化成虎字碑*上的文字

翻閱古籍的記載，這裡
就是歷史。登上雲端
在山頭的涼亭等候生命的喘息
以瞭望手的姿態俯瞰遠方
時間的大霧卻猛然甦醒
我們搭著指標的肩，繞過
堅守領地的牛一路向南

抵達桃源谷。五節芒草裡
意外地發現素雅尾尺蛾*的蹤跡
牠試圖收藏自己的名和姓
在這片猶如冬雪的原野
我們凝神屏息，誰
也不願意先開口
互道別離

黃盾背椿象：分布於低中海拔的平原或山區。身體略呈盾牌狀，前胸背板兩側各有一個稜角，因而得名。大多數個體身上有白色邊緣的黑色斑點；六肢呈暗色，頭頂中央有略呈三角形的黑色。

虎字碑：相傳清朝總兵劉明燈路過草嶺時，遭遇暴風雨，在石碑上刻寫虎字加以鎮壓風魔，取《易經》：「雲從龍，風從虎，聖人作而萬物睹」之意。

素雅尾尺蛾：臺灣特有種，分布於中海拔山區原生林帶。身體呈現銀白色，前翅寬，頂角略鈍，外緣平直，尾突基部具有明顯紅斑。

物以類聚

晴天裡我們都害怕
陣雨不來，不能召喚
另一個自己踩踏
極其濕潤的陰道而
不滑倒；他說這也是一種
優雅的藝術，多數人無法
測量一個人的慾望必須
觀賞別人的器官當作一種
慰藉，好比一夫多妻制
集結眾多的乾燥花
自然而然地膨脹

大話西遊

我囚禁所有慾望，走向夕陽到過的地方，那是一個距離你很遠的諾言。沿途有許多妖孽作著風騷的夢，我卻時常失眠。

大黑夜的時代，我總是步履蹣跚，偶爾因為光明而擺脫抑鬱的追求。

每一次想起年輕的色澤，我就喝下整瓶紅酒，成為鮮豔的石猴，彷彿回到了五百年前，與如來佛祖相互對質。

直到打開雷音寺的門，才能夠看見真實的自己。舊生活裡還是保留了一些篇章，關於你雪白的情節，就像蜘蛛絲懸吊在記憶的盤絲洞。

鬼門關

七月。最後離開的鬼
沒有關門

還有許多鬼
單戀城市的某個角落
而蜘蛛網上的懸念
總是太過露骨
沒有昆蟲願意留在我的身旁

連你也一樣。

七月的夢太涼
太像只有一個人了
午後醒來
就是八月的胸膛

準時，下午兩點
對街的情侶演化成獸
在街景圖上
打造一個視頻的帝國

其實，我們
也生活在帝國的島嶼
稱職地扮演一個多音的部首

有些人來了又走
有些人來了不能走

請選擇留下來，或者
我跟我自己離開

綠帽

還沒有要驅趕年獸
就替你買了一頂新帽子
懶得去戶外踏青，決定
買一些淺淺的草
種植在日復一日上面；
接受供養的是精神分裂
至於繁殖與道德的關係
聽說會無限增長成為一種
多數人懼怕的函數

雨不停國

心的邊界，有草枯萎了
像被祭祀過的愛
空洞。風吹涼兩棲類的脊骨
你從爬行的姿勢起身
抵達了一座有我的懸崖

跳躍如雨的布幕
逐漸落下，停格的動作
入谷卻不能安息
聽水的妄動
正彈奏著你的雜質

而抵達地平線的守候。
你的嘴角帶有記憶的隱喻
從某個異性的胴體
向我探詢名姓

這裡總是雨不停國
越界可能被視為叛逃
潮濕如夜，看見我模仿
流浪的星球正在殞落
你能想像那需要多大的勇氣嗎？
當彼此生活在誓言的兩側
彷彿一紙生與死的契約

直到遲來的時間
不斷對折，我才從
透明的雨水演變成土
在生物學的解剖與被解剖之間
覆蓋著你濕潤的身體

大明星

我們的生活偶爾呢喃
向陽轉側，不再是一種遊戲
而是關於鮮豔的衣著
高調，並提醒著我
曾經存在過：
造神的儀式正在建構
情緒走進大型看板
有一些吵雜但我卻認得你

海濤

彤雲越過彼此的肩
熟記對話、修正口音
前往臨港的城鎮
領取所有像海的情緒：
浪花引風如魚，焦慮靠攏
我們在停泊的碼頭
談論時間的色澤以及
潮汐，關於某些分明的性格
拍岸或許就是意義

輯四

殖民的光

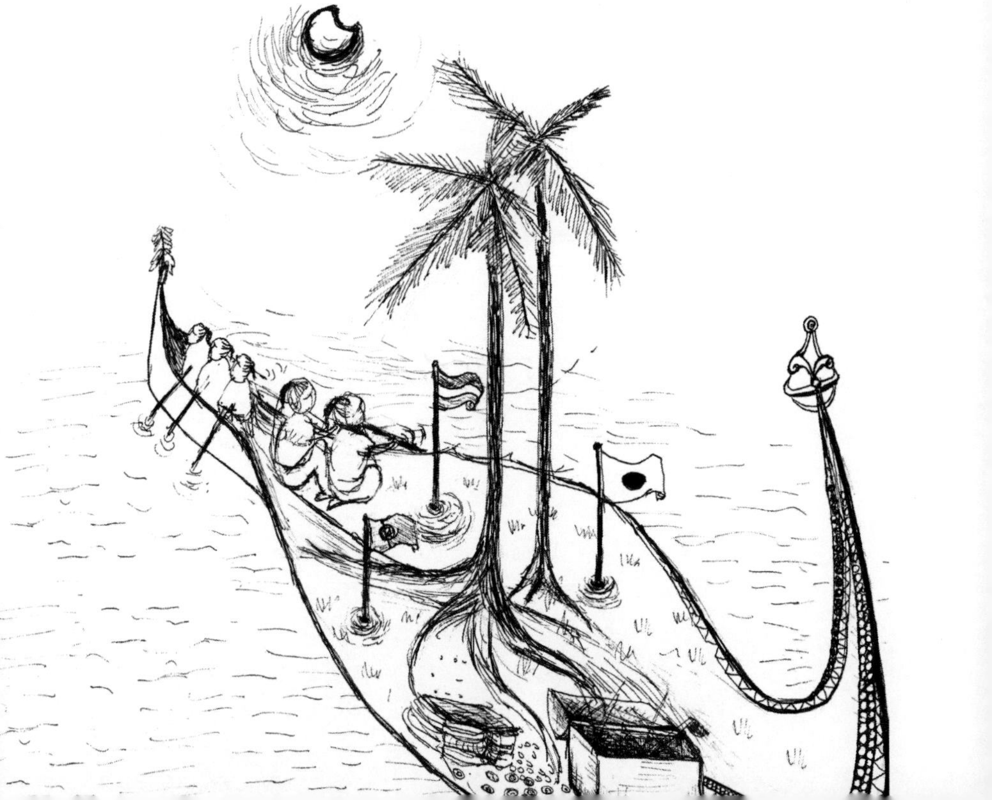

殖民的光

直到清醒的那一刻
我以為我還沒有回來

某日，輕喚錯綜的島嶼
確認無誤經緯度還存在
地圖上記載著全名、小名
或者別名。日子義無反顧地死去
我們的船只剩下一些記憶

擷取一把潮濕的泥土
丟向航線，在檀香木上寫下

自己的名字；徹夜搬移
行進的儀式。鈕扣、匹布
以及腐敗的鐵器

潛行阿里山：尋覓第一道曙光

落日返回之後
情緒順風，我搭著
燈火的肩一路祝山車站
窗外的溼氣開始集會
環繞臺灣衫*的指尖
因為抖落氣溫的指涉
而揚起了整座森林大霧

褐樹蛙*忽左忽右
以低沉的節奏感，秘密
邀約迷濛的阿里山櫻*

自然的舞池正期待著一支
飛揚輕舞，我伸手
迎接花瓣的柔軟
彷彿掌心驟降了一場風雪

當歷史再一次記載
花季盛開，鐵道卻都老了
像明信片裡的建築
總是被時間反覆傾倒。
終於，我潛行至小笠原山
驅逐所有月光，看雲海
捧著自己淡色系的夢
在甦醒與謎寐之間

放任日出詮釋
神話的想像

臺灣杉：又稱臺灣爺、亞杉；一種大型的柏科植物，臺灣特有種。
褐樹蛙：為樹蛙科溪樹蛙屬的兩棲動物，臺灣特有種。
阿里山櫻：淡粉紅色或白色。卵狀長橢圓形，側脈六至七對，臺灣特有種。

有人說如果我們還有明天

沒有什麼值得眷戀
所以，我醒了
常常想起你優雅的猶豫
久久假想而尚未決定
總要我輕輕提醒你的憂鬱

你要我記住我們的故事：
遲遲回想，聚集所有寂寥
那是一種思想的死角
彷彿熟睡時轉側
從情緒的彆扭裡接過重量

攤在被單上的旅行
一個人收拾行李
像獨角戲的辯解
有人聆聽著獨白
有人豎起大衣的領子
有人說如果我們還有明天

彩虹

大雨來了
整座城市都無法抵擋
信仰的質疑
三天不想回家
因為街道上充滿彩色的雨傘
有許多淋雨的孩子
選擇潮濕而赤裸而成為更透明的人
在車水馬龍的群體裡
我已經找不到想念的人
當然也包括了你

大水來了
大禹還在歷史的途中
正前往這裡
然而城居的市民
卻時常害怕自己情感的水患
越過理性的防洪線
進而退守至此
一場集體的守候
關於愛以及繼承愛的權利

親愛的
你應該知道
所有的凌亂都是洪水的美夢
在情緒離場以後

在雲端和夢醒之間
會有一道虹彩
試圖穿越古老的結界
引領我們繞過地獄
抵達更遠的天堂

鬼話連篇

見一獰鬼，面無色，齒巉巉如鋸，鋪人皮於榻上，執采筆而繪之。

——蒲松齡〈畫皮〉

聊齋：參見蒲松齡

翻閱靈魂的祖籍
夢見時代屏息
你將口音反覆摺疊
寄放在幽蔽的古道
等候夜風低鳴
古墓會睜開自己的雙眼

跟蹤你的語氣短程旅行
飛越護城河、俯視淄川人
直到飄移填滿了鬼魅的情節
——整片竹林都收藏著狐腥味
藉由月光翻譯成人形
降落在凡間的誤讀

一些尾巴還沒有隱藏
嚇跑日子裡的姿態
白面書生在客棧
單點花樣年華
咬下乾淨的皺摺
緩慢咀嚼自己的故事

誌異：鬼畫皮囊

夜色彎腰
我在窗櫺外穿上保護色
窺視你卸下自己的皮囊
使用染料填充膚質
像一名反覆修補的畫工
熱愛自己的作品但是情緒很輕

每當驟雨傾倒
灑下濕漉的憂鬱便進入一幅
小令讚美的潑墨畫：
那時乾燥會微調你的慌張

張開景色的手臂
書寫一闋詩詞紋身

有人探尋晚安的身世
你領走另一個你
挽起手安撫躁動的指節
意外地觸碰到隔窗的眼神
拘謹了所有意圖
並且嘗試測量我的立場

死神

我背著你不要的情緒
和另一個自己
前往海域：那是
島嶼的側臉，總有多鹼的心事
依附時間而侵蝕整條
吶喊的沿岸

我以為我能夠理解海的德行

海風逐漸與光源起舞
從許多方向襲來

交織成一座焦慮的漁村
幽暗的漁網試圖捕捉
沙灘上日曬的餘韻
卻只聽見海的彼方有許多聲響
細語爭吵，隱約有個人影
獨自潛水而來

外拍小模都是前女友

整座廢墟正在抽搐，一道閃光燈俐落地捕捉它的神韻。

散落一地的吸食器，比任何人都熟悉瀕死的距離，剛好是兩次情緒的愛撫，刺鼻卻也極度敏感。想像你後頸上有針孔偶爾流出血水，潮濕的衣領讓時間的消逝更為大膽。

乾涸的日光註定消瘦，燈光師點燃自己而成為室內僅存的信仰，我們環繞光而行走，像一場巫祝的集會，祭品如你穿著冷艷清脆。

夜的觀眾已經將我們包圍，生命中的小路就此展開，沿著牆垣的脈絡，我將你定格，一次又一次的試探，卻意外地看見一雙似曾相似的眼神。

廖添丁，你不是英雄？

姑且禮讓我的哀愍
任意地翻閱史冊
在這個不屬於誰的刑場
猜測你，臨終以前
那些說與不說

沿著大稻埕的氣壓
來此，空降
在盎盎的草原上
目睹了貧窮和富有
以及一切的偏頗

如同你代言的正義
總是需要扶植
彷彿背對背的一種勇氣
撐起手，就能越過殖民的牆
我們總是喜歡你
比自己還要再多一些

一直都是這樣
或許你的靈魂將與亡者對仗
在槍響之後，依舊保有
獨特的韻腳並且
拒絕成為儀式的部分

濕樂園

我坐在港口聽雨
以整條海岸線為弦
在水的鏡面上，彈奏
居住的過去；有一些
潮濕緩慢長出自己的腳

往乾燥的領域行走
生活與動作不自覺地慢慢兩棲
而記憶的魚鱗太多
陽光跋涉於此，看見每一個
世代測量自己腐爛的程度

或者寄居未曾修飾的水域
讓狂草恣意書寫自然
建構這個祕密基地，迫使
信仰遠離城市的中心
偶爾步行，回到童年
卻有一種情緒的感慨逐漸離散

此時海的距離，彷彿沒有時差
每一次呼吸都有被吞噬的可能
候鳥的飛翔太美，在漲潮
與雷雨之間往往被誤讀成
一場集體的遷徙

慰安婦

撥開近代史，將封面擱置在肩膀上，堅決地讓史實的嘴唇赤裸。

關東軍日以繼夜挺進，沿著歷史的內側滑落，哈爾濱的汗毛有一
點惶恐、冰寒。東北的風雪早已經不是自己的了。

私密處有許多外來語。我的方言還是大江大海，宛如守舊的夢，
在每一個夜晚都會空降著床，重複著他們的發音，直到我成為死
亡的軍靴。

輯五

記得我曾經存在過

雨具

生活的大雨沿著
街燈的背脊順勢而下
我撐起一把沒有被塗鴉過的傘
企圖掩護一個人
旅行的縫隙

參見臺中文學館

00

一九四五年，歷史失聲
他們就要離開了。熟稔的
呢喃潛伏在第五市場
來不及焚毀的屋瓦
還在記憶裡圍城，堅守
跨時代的紅

01

磚牆宛如說書人
描述每一封變形的情信
如何以空降的姿勢
橫越前世的情人而安全著陸
直到情愫散場。所有

02

煎熬的人都有煮字為藥的習慣
這些不被看好的書寫
餵養著生存的孤寂

如果稿紙是整片太平洋
每一次創作都彷彿鳴笛啟航
尋覓島國的故事

03

再過去一點便是河流的情節
彎曲的興致隨風敘述了
一些文藻，或者半面晉朝
來，把酒氣當作水墨
向傳世的詩序潑灑

04

使每一首詩都有自己的名字
以日月為骨架，讓情緒
造句在時間的長城上
調動二百零六個廣韻
攻陷了一半的盛唐

00

文氣寄居於此，風華
輾轉檢索著人文的脈絡
那些美學的視角以及

老臺中的狂想
已經座落為城市中的小確幸

附註：此詩的靈感源自於〈在喧鬧的市井裡寫詩　謝文泰和他的「臺中文學館」〉。臺中文學館的主體性，是由不同的主題設計所綜合呈現出來。詩中「01」對照「紅門老牆」、「02」對照「爬格子牆」、「03」對照「曲水流觴」、「04」對照「墨痕詩牆」。

初生

今天的船帆
暗紅色，像母親
擁有各式親密的顏色
也像父親的嘴
我都知道。關於

夜晚的胎生
一群座頭鯨介入
我的領域，浪花漣漪
生命如同哺乳類的滅絕
卻又獲得了重生

氣泡上升，終於
吸引了雛鴨的注目
安靜地成為極光
所有人都知道一百年以後
這裡沒有你也沒有我

成為詩鬼的一種可能

天色哀慼，窗櫺外
只剩下月光閃過
我在詩句裡頭熟睡
卻打翻了整座夜的燭光
燈油沿著宣紙的意象
燃燒，許多情節意外上演
——關外的狼煙已經
開始情緒化，長城
被渲染成跨時代的顏色
越過青銅器之後就是鐵的世代

高爐裡夾雜著人骨
一種偏向淡色系的祭品
在火光裡重生，我用意念
召喚骷髏像一名獻身於神的祭師
所有的筆畫都是我的出擊
文字猶如軍團，逼迫
龍城裡的單于一路向北

樵夫入山，砍下
生活的木柴而發現茅屋
不時幻化古詩場景的謊言
偶爾也有磨墨的滾動
壓過筏木丁丁。
室內隱約有人忽略了

自己與火的間距
而成為一塊繾綣的木炭

小強*

大道上的月光
終究能驅逐過多的人潮

時間的夜已然扣緊沉默
霓虹燈決意停止了它的妖媚
而光的遠離是一種祝福
召喚我們體內熟睡的歷史
一如往常，從下水道的夢中清醒
吸吮口器上的潮濕
沿著廚餘的特殊氣味遊走

越過疲憊的心事以及
車輪的逆襲，終於回到了人間
子母車堆滿賣場和超商食品
不討喜的長相整夜共鳴

這座城市總有太多的鄙視
——我們習性觸碰黑暗
以長鬢的靈感預測下一步
生命的方向，清除食物的形體
與靈魂，並以全身的愛
氮化*這狂喜的負擔
很多時候執著於汙穢的人類

露出了嫌惡的隱喻
彷彿否定我們的身分

而他們居住在城鎮的地下道
以游牧的姿態改寫文化史

集體的行動，代號一零一那次
面臨著驚悚的非禮，譬如
深夜的便利商店、鬧區的夜店
以及昆蟲實驗室。我最好的朋友卡夫卡
就在一次人類的慶生舞會上
展示了自己生存的最大值

小強：蟑螂又被戲稱為「小強」，這是由電影《唐伯虎點秋香》（一九九三年）開創先河，劇中飾演唐伯虎的周星馳在一幕暱稱蟑螂是自己的寵物「小強」。

氮化：大多數種類的蟑螂靠腐敗的有機物維生，這些物質裡含有大量氮元素，蟑螂食用這些有機物後，會透過糞便把含氮有機物排放到土壤中，再由植物利用。

懷抱鮮花的女人

這是一個浪漫得死去活來的故事，希望能把它當成寓言讀。

——莫言《懷抱鮮花的女人》

高架橋底下的我們
充滿塗鴉的情緒：
一場驟雨打翻了整座城市
輕壓赤裸的腳趾
你捧著一束鮮花獻給自己
我偽裝成一面發情的牆

你拆解了道德的牆
接受我所有指涉的舉動：

一個吻，將彼此緊緊印壓
在火車廂連結的鐵製把手上
許多人在我們的身上觀望
試圖成就悖德的信仰

你來，我就要走了
這條河的深度只有村民知道
急流帶走多餘的顧忌
我們決定漂浮回家
口舌微酸，只好
以肉身的纏綿換取
冰釀的眼光

尋找一座海誓

當我們太老了
便化為一對翩翩蝴蝶。
——夐虹

輕輕，推一座浪
往遠方的故事裡面打
成為重音節的花響
猶如竹林中修行的頓悟
在磐石上苦苦地開落

總是千萬如語，亦如雨
降下繁華的姿態

覆蓋著波紋與呢喃的法喜
當所有發音的符號
乖離喉結，兀自形成
　一場運命的情節

而我已然闔眼，只有
宇宙甦醒承受你
熄滅沿岸最後一次熙攘：
那時星月城南
舊事彷彿礁岩屹立
在消沉的沙灘

多數支離的語意是一種
嘆息，橫跨了經緯

讓時差貼身見證情與
愛的包覆性，譬如潮水
來回守候遲歸的舟楫

如果彼端有光
前進就像意念行走
成就一個原始的初衷
而你終於圓寂，我還在
回到了人間

王者的榮耀

——寫給苗栗高中

民國七十七年是HBL（高中男子甲組籃球聯賽）創立元年，苗栗高中當年奪下第一屆總冠軍。民國八十五年停止招收體保生。民國九十二年重組籃球隊，一直都在乙組努力不懈。民國一百〇三年，睽違十九年再度重返甲組賽事。

所有的名字*都決定
在這裡，尋找
自己的光輝歲月。
午後的人群拍岸漲潮
我們都知道，越過休息區
就能夠抵達日常的想像

比賽在即，情緒
佈陣安營並吹響了哨音
裁判老師將青春拋向高處
尖叫聲因為期待而此起彼落而
書寫成一頁輕薄的傳奇：

黃萬隆*護球，過半場*
宛如鏢局的總鏢頭
行走在太多風險的情節
必須隨時多疑著
那些蓄意的賊

二號戰術，是一顆
心情的高調球

初少雲*背對籃框*
像一種禪宗的修為
闔眼，冥想著無形的步伐
如何遊走在繁複之間而
避開禁忌的勒索

大對角傳球，李紀民*突圍
是一把刺客的匕首
在風聲裡不斷
磨練而劃破禁軍
留下了一座羞赧的王城

禁區*外傳，王金城*
化身神祕祭師

佇立於境外，喃喃自語
某些被召喚的景致都保留著
自己的信仰，一場三分雨
卻毫無禮節的落下

上中*，楊宏雄*
策應如一位大內高手
修飾著合適的善意
直到最靠近皇城的地方
才露了一手中距離*

命中。持續增壓
迫使對手的意志不再柔軟
不再讓靈魂輕易地

被陽光穿透，快速的追擊導致
缺氧讓我們重新走回起點

第四節，倒數計時
太像皇冠的隱喻
我們的年少還留守在陣地
只需要再一點空檔
就能夠揭曉世局的迷惘
進而理解一種王者的姿態

*民國七十七年苗栗高中榮獲第一屆HBL總冠軍，名單如下：林增福（總教練）、陳雲錦（助理教練）、黃萬隆、王金城、李紀民、楊宏雄、初少雲、高樹仁、林國棟、謝增昌、陳建良、劉柏齡、許家瑋（以上皆為球員）。

黃萬隆：一七八公分，先發控球後衛。現為松山高中男子籃球隊總教練。
過半場：籃球術語，指球員從後場往前場運球（有八秒的時間限制）。
初少雲：二〇五公分，先發中鋒。
背框單打：籃球術語，指傳統中鋒的一種單打技巧。
李紀民：一九四公分，先發大前鋒。
禁　區：籃球術語，指油漆區，亦稱為顏色地帶以及三秒區。
王金城：一八一公分，先發得分後衛。現為醒吾科大男子籃球隊總教練。
上　中：籃球術語，指進攻方的中鋒到罰球線附近要求持球。
楊宏雄：一九四公分，先發中鋒。
中距離：籃球術語，指籃球員與籃框拉開至一定的距離進行投籃（三分線以內，三秒區以外）。

黑色意念

清晨是淺色系的問候
想像你，還在我的身邊
捲曲、側睡，在夢境裡與我
乘坐一輛馬車前往
城鎮外的死海，然後等待
情緒著裝向前躍入
一座陽光無法抵達的密室

記得我曾經存在過

請你永遠不要忘記我，記得我曾經存在過。

——村上春樹《挪威的森林》

陰道發炎。某日
例行性的問候沒有來
你哭出風的聲音
想起一個人的體重
壓垮了自己

雙人床就擱置在隅角
舊生活與新生活的縫隙

有一種分娩的痛苦
被夾在日記本裡放聲大哭
部分的孤寂與我相關
卻只剩下偏旁

先死的人已經不能說話了
當然也不能夠上天堂
單薄的回憶因而難以安排
我的歸宿。你的語氣
微酸，溢出了憂傷
穿越廳堂前來告訴我
嘴唇像我眼睛像你

輯六

把你還給了時間

空城計

窗外集結了雨的部隊
卻尾隨司馬懿的猜疑宣布撤退。

我一個人守護，等候你回來
攜帶乾燥花的芬芳以及
流動的陣法，武裝我們的家
試圖驅逐潮濕的忌憚
讓心情和空氣同時放空
想像一種呼吸在臥室裡
獨自新鮮，直到彼此安穩入眠

才在夢中聽見諸葛亮
撫琴、追酒

餘生

或許我們都習慣了
有菸抽的日子。點燃世故
在工作之餘離開桌椅
從日常的曠野裡貼聽一些理想：
成家、立業。傾向
喜劇的類型，自導自演
圈選自己喜歡的女主角

期望某一天能夠扮演
父親的角色。但是
太過安穩的我們都遺忘

平行世界的彼端，有一隻禿鷹
正吞吐著飢餓的女孩
暫時不想和攝影師交談

於是，變換了夜晚的場景
她們都在抗拒光害
閃躲一則伊斯蘭遙寄的咒語。
難以抵達的物資，還在生活裡
行軍，緩慢地支援
前線的庫德族人

巴格達的皇宮，始終有許多
說書的人，民兵總是嫌棄
一千零一個故事太長

太像一種妥協了。他起身
掩護童年的那一刻
差兩天，滿十二歲

他的情緒充滿時間的空襲
那些穿透的流離，往往帶走體溫
關於親人的冷，以及未完成的儀式
都在烈火中黯然舉行，彷彿
每一次燃燒就會發現自己
擁有和父親相似的臉孔

葉赫那拉氏的哀傷

斑駁的城牆
不容易翻越過去
干戈潛伏，大砲的
準度略微仰角
歷史就在這裡堅強

你不是龍的傳人
中國因封閉而真空
而難以預測海洋的重量
他們拆解山靈和信仰

鏗鏘地建造火車與鐵軌
駛向我所閱讀的山河

你來，你走
腳步的聲響左右巡視
隔著韻腳聲母
分化了五臟六腑
紫禁城承受著
帝國背後的指涉
在太平洋上獨自軟弱

以為他們的聲勢
將在惡夢裡收筆卻
意外地擱淺在憂愁的北京

印證了那些舊照片
總有我無法辨識的哀傷

如果你的繁華落盡

如果可以
我想，像你
遠遠望去是一座城市

靠近一點，情緒
潛伏在歷史的封面
讓微光輕踩著脊骨
背對夜的優雅
感受沁涼

我考古你的居所
或許，不能再現
至少這個世紀
否則犯規

時間，開始風化
遺址上的人潮
俘虜景色，彷彿
皆能想像你的風華

工蜂

秋風轉側以前
我總是準時醒來
飛行在自己的故事裡面
越過懶散
用前腳清洗早晨
環視著居所的擁擠
祈禱花季豐收
以八字形的舞蹈*領航
並肩且相互鼓舞

親愛的蜂后
以及蛹臥的沉睡者
彼此將短暫失聯
集體前往花叢密集的場域
這裡有許多起伏的誘惑
每種顏色都有各自的姿態
因生活而勞動而相識而
輕撫對方的敏感帶
彷彿經歷了一場繁華大典
我時常鍾情那些被馴服過的私密處

冬雷的時候
我想要獨立生活
夢見自己成為人類

穿梭在各式各樣的數字
偶爾順利地從零到壹
卻看見無數個同類
追逐著未經修飾的德行
在城市與理想之間不斷離散
試圖抗拒龐大的慾望

尤其是情節的春天
現實不再允許我
擁有一場孤獨的夢
必須答覆著自然的時序
忙碌，餵養新立的王
聆聽翅膀與階級的呢喃
直到庫存的花粉逐漸瘦小

挨餓的人註定沒入了
時間的心腹

*透過八字形舞蹈，成功覓食者藉此與群體成員分享花蜜、花粉以及水源，或者傳遞新巢的位置和距離信息。

蝙蝠俠

遠離光
就能成全黑暗
你駕車前來
隨後離開。

我目送
一隻緊身的蝙蝠
從容地滑行
激吻過所有被矯正的邪惡

包括他
這個月總共有兩個人求饒

紐約市的副市長
決定閃電自己

面對死亡
記者以一種頭版的方式
宣揚正義的最大值
很近卻不能太過放肆

直到堅強的二頭肌
開始枯萎
我們才在某一場派對上
發現你
原來也是一個富二代

大鯨魚之家

昨天早上
我告訴媽媽
一個夢想
想要養一隻大鯨魚
媽媽說好呀！

於是我畫了一隻黑色的大鯨魚
在大圖畫紙上
媽媽問我你有看過鯨魚嗎？
沒有，但是有夢過。

我決定飼養在餐桌的上面
墊在透明的墊子下方

媽媽問我為什麼在這裡呢？
因為這樣才可以一起吃飯
突然我覺得廚房好涼爽
有時候還能感受到海風的味道

晚上爸爸回家了
我向他介紹家庭的新成員
爸爸客氣地向鯨魚先生打招呼
並希望它能多多照顧我
尤其是我這個命中缺水的孩子

病歷表

我記得你說過
永夜的夢總是會長出
好幾座雨林

一場追逐過後
我醒了。搖醒室內
僅存的光

窗口暴雨
像一次貼身熱舞
別名：形而下的碰觸

我祈禱雨聲得以永恆
至少在高潮以前
情緒還必須是藍藍的顏色

一張紙就能輕易地概括我
隱藏版的才華，關於
一種純度極高的抑鬱

關於古蹟自燃的預言

火在燒，燒成灰有多好。

——徐世珍

時間總是善於記憶
那些日式建築的臉孔
安穩地滯留在老舊市區
隨著史料的塵埃
沉澱為許多人的童年

童年的盡頭是一幢幢
頹廢的社區，東方

與列強的追逐除了現代化
還有城市的美學。
我天亮時為人

天黑時為賊
盜取時代的回憶
像一隻詩經裡的老鼠
穿梭在道德與情緒的街道
偶爾隱身在人群，假裝
嘆息歷史怎麼會如此乾燥？

把你還給了時間

擷取蘇紹連老師《時間的影像》詩集中的詩句增減一二，遂成此詩。以詩寫詩（集）。

凌晨是透明的瓶子
我並非唯一站著看的人
包括你。

沙灘上有人說
沿海是城市風格的展現
——在時間的場域裡

我們都是灰燼
選擇從海底走來
從海面漂流，因而
介入了漁船的生活
偶然形成了自己的洋流
卻不想跟任何人交談

直到我們的影子
都象形了，才看見日光的手勢
跳躍、越過死亡
像一場大雨在喧譁中
書寫遺書，讓情緒逐漸失溫
將海蛇釋放回歸汪洋
而難以體會哀傷

面對潮汐，我想跨越過去
可是我還小；如果二〇五〇年我還
存在，請將所有的詩集
都散落在城外，最好像雲
去向不明。終於有一天
你和我都被時間磨至死亡
你會發現，我就是你
因為這裡沒有別人

歷年得獎年表

歷年得獎年表			
01	二〇〇五	精誠英文詩歌【新詩 佳作】	〈組詩四首〉
02	二〇〇六	精誠青年文藝獎【新詩 佳作】	〈你向死亡告白之後〉
03	二〇〇九	暨南大學水煙紗漣文學獎【新詩 佳作】	〈如果在遠方〉
04	二〇一〇	暨南大學水煙紗漣文學獎【新詩 佳作】	〈在夢境中解釋或許是一種美〉
05	二〇一〇	高雄八八風災圖文徵選【新詩 佳作】	〈他們看著我們看著他們〉
06	二〇一二	宜蘭公共藝術詩歌徵文【新詩 第二名】	〈TUK〉

07	二〇一三	臺灣文學館好詩大家寫【新詩 佳作】	〈瘋人冰〉
08	二〇一六	二十週年乾坤詩獎【新詩獎】（不分名次）	〈餘生〉
09	二〇一六	基隆海洋文學獎【童詩 第二名】	〈大鯨魚之家〉
10	二〇一六	草嶺古道芒花季徵文【新詩 首獎】	〈啓行：晨走草嶺古道〉
11	二〇一七	苗栗夢花文學獎【新詩 佳作】	〈王者的榮耀——寫給苗栗高中〉
12	二〇一七	嘉義桃城文學獎【新詩 優選】	〈潛行阿里山：尋覓第一道曙光〉

無處不在的場所，孤寂的偏旁

——閱讀余小光第二詩集《記得我曾經存在過》

沈眠

張惠菁為村上龍小說《到處存在的場所，到處不存在的我》寫的序裡講道：「原來那些規範我們的人，他們自身也是場所專制力量的受害者。他們並不比我們更了解世界的構成，並不比我們有更多的希望，更少的絕望。他們試圖教導我們的真理，其實只是他們在自己被制約的、狹隘窄迫的場所裡嚐到的那麼一點點，世界的滋味。……」

讀《記得我曾經存在過》，確實一直感覺到制約——也許是因為收錄了不少地方縣市文學獎的得獎作品所顯像出來的規模與格局之熟識常見，也許是詩集總共分有六個輯，六十首詩，每一輯都是十首詩，且每輯的第一首詩都是短詩等等，有著自覺的、工整的排列，像是人造意志的體現——似乎制約感是余小光第二詩集遍布的質地。

開頭第一首〈溫柔地消耗彼此〉：「某個猜疑的午後／我決意將你的名姓／重新排列組合／在完全消化以前／你還是你／我還是我」，和結尾的最後一首〈把你還給了時間〉：「可是我還小；如果二〇五〇年我還／存在，請將所有的詩集／都散落在城外，最好像雲／去向不明。終於有一天／你和我都被時間磨至死亡／你會發現，我就是你／因為這裡沒有別人」，類似的口吻，相近的取景調度，約略演進的概念，密合也似地縫起了起始和終點，儼然制約的實然具現，無疑地余小光必是有所圖有所設計。

以是，各種場所的記述與追索，也成為《記得我曾經存在過》鮮明的特點，包括城市鄉鎮、地標風景、宗教民俗、飲食等，連書籍電影、虛構人物也都是場所，譬如〈參見桃園國際機場〉：「而愛情的正面是你，反面／是湖泊的偏旁以及一株／理解雪花的盤松／／卻看見許多膚色的旅人／正拖行著日常，前往／心儀的方向。來去自如」、〈我所居住的城市〉：「沒有光，世界就容易哀傷／容易讓疾走的腳步毀壞／整裝待發的情緒。我們生活／在傘下拘謹而行走／聽雨說很多錯過的故事」、〈豐原甲申年三獻清醮〉：「前往慈濟宮的路上，我們／隨行潛伏在信仰兩側／直到鑼鼓驅逐入睡的夢／所有居民都成為了儀式的辭令」、〈無為草堂〉：

「我站在十字路口上／猜測著整座城市的說／與不說，輔以古樂頻調／敘述了一種氛圍：／那是古籍裡的一種自然／用來抵禦車馬和／聲響的冷」、〈參見臺中文學館〉：「使每一首詩都有自己的名字／以日月為骨架，讓情緒／造句在時間的長城上／調動二百零六個廣韻／攻陷了一半的盛唐」、〈悠遊小說林〉、〈王者的榮耀──寫給苗栗高中〉、〈蝙蝠俠〉……。

場所是無處不在的，場所不可逃逸，人永遠被蘊含在無數的場所之中。人的自身就是最難逃遁的場所。人要怎麼真實地離開自己呢。於是，存在即是自我的原地移動。你只能不斷地邁前不停地推進，像是恐怖電影常見的持續拉開門卻發現前頭又是另外一道門，以及永無止境的下一道門，於是也就懂了，原來存在的場所就像如來佛祖的巨大之掌，你以為騰雲駕霧到宇宙洪荒了，但其實什麼地方都沒有去，只是重新抵達了自己。

余小光寫：〈剪刀、石頭、布〉：「往成人的邊荒紮營。我們／都是游牧民族，有一種／追逐草原的宿命／有時像風卻遲遲沒有安全感」、〈雙城記〉：「我返回家鄉作為一種抒情的抵抗／面對生活裡的各種插畫／一張又一張沒有命名的風景／總是害怕確認地名而／習慣性背對著城市／朝向構圖的畫家老去」、〈物以類聚〉：「晴天裡我們都害怕／陣雨不來，不能召喚／另一個自己踩踏／極其濕潤的陰道而／不滑倒；他說這也是一種／優雅的藝術，多數人無法／測量一個人的慾望必須／觀賞別人的器官當作一種／慰藉，……」、〈廖添丁，你不是英雄？〉；「如同你代言的正義／總是需要扶植／彷彿背對背的一種勇氣／撐起手，就能越過殖民的牆／我們總是喜歡你／比自己還要再多一些」，其詩歌追逐草原如同返回家鄉，勇氣背對一如抒情抵抗，藝術優雅彷似測量慾望，他繞孤寂的圓圈沒完沒了地走，如〈在曠野裡純粹地死去〉寫下的：「我快步追隨自己的影子／環繞這漫長的一生／有時像一個圓／有時像一則咒語／任由語助詞與軸心不斷爭吵／彷彿終點若即若離／／孤寂都被月光填滿了／我努力成為曠野裡的一匹狼／追逐著嚮往的魔：於此／黑色的彼端隱約有一道出口／我燃燒自己的蹼，在血與肉之間／尋求遠方的最大值」，圓就是咒語，生活是繼續尋求遠方。

而存在是一個人孤獨的場所，也是最緊密私我的場所。當然了，存在更是一種最大的制約。存在制約著人。或者說：存在是制約的最大值。人被場所制約，被情愛制約，人被詩歌制約，被文學制約，人被世界制約，被存在制約。但制約是，活在困限裡但並不萎頓，身在灰暗中但並不絕望。是了，當人意識到生命是被制約的總和，存在也就有了真實意義，且像張惠菁說的，還有那麼一點點世界的滋味溢散出來。

說到底啊，那些場所都是我，都擁有我，都傾注了我的一部分。

同樣的，它們也都是世界，都被世界擁抱，都投入了世界的一小塊碎片。

讀〈二二八・圍城〉：「乾燥已久的歷史／側臉還有一些血跡／委婉地敘述／是非與正義的矯情／／如果陰陽師不在／無論誰試圖打破／鬼神的結界／你過不來／我離不去」、〈離開你不如離開我自己〉：「乾燥場域，貼聽體溫的差距。生活與動作重疊，我在雙人床開始造水。我們都不自覺地慢慢進化，演化成兩棲的魚。／／浪漫主義思維，超越道德的淨重。尚未修飾的邪惡，扶植配角的角色。降下一場性別的雨，我張著濕漉的眼，消失在雨愈下愈大傘愈撐愈小的縫隙。」、〈鬼門關〉：「其實，我們／也生活在帝國的島嶼／稱職地扮演一個多音的部首／有些人來了又走／有些人來了不能走／／請選擇留下來，或者／我跟我自己離開」、〈大話西遊〉：「我囚禁所有慾望，走向夕陽到過的地方，那是一個距離你很遠的諾言。沿途有許多妖孽作著風騷的夢，我卻時常失眠。」等，都不難看見余小光的焦慮，尤其是對自我的迷惑、質疑和辯證，以及多重的圍困，還有最終不得不的如封似閉。

Michel Houellebecq在《一座島嶼的可能性》的最末寫下真切深沉的思維結語：「……幸福不是一種可能的地平線。世界曾經背叛。在極其短暫的一瞬間中我的肉體屬於我；我永遠都不會達到規定的目的。未來是空的；它是高山。我的夢幻充滿了激動的形象。我曾存在，我不再存在。生命是真實的。」余小光重複重複地回過頭去凝視昔日記憶過往，其詩歌渴望地描述「曾存在」的夢幻充滿了激動的形象，就像〈彩虹〉：「因為街道上充滿彩色的雨傘／有許多淋雨的孩子／選擇潮濕而赤裸而成為更透明的人」、〈記得我曾經存在過〉：「陰道發炎。某日／例行性的問候沒有來／你哭出風的聲音／想起一個人的體重／卻壓垮了自己／／部分的孤寂與我相關／卻只剩下偏旁」，都有著絢麗奔放的意象浮動，且表述他在許多場所裡脫落的孤寂，只剩下偏旁的孤寂，局部的孤寂。而我期盼著他下一本詩集能夠朝對「不再存在」的全面觀照勇敢挺進，不僅僅是殘損的傷感的寂寥的觀點，還能有更多深刻完整圓滿的、對生命是真實的明亮見解。

從別離處出發的詩

高維宏（北京清華大學中國文學系博士生）

一、詩作的起點

看完了六十首詩稿，首先印象深刻的是關於離別的字句：例如：「來了，又走，留我一個人撿拾，開咖啡店的夢」、「你走了。我的靈魂／逐漸喜歡靠海的領域」、「請選擇留下來，或者／我跟我自己離開」、「有許多淋雨的孩子／選擇潮濕而赤裸而成為更透明的人／在車水馬龍的群體裡／我已經找不到想念的人／當然也包括了你」。或者是作為詩集名稱的〈記得我曾經存在過〉中的句子「舊生活與新生活的縫隙／有一種分娩的痛苦／被夾在日記本裡放聲大哭／部分的孤寂與我相關／卻只剩下偏旁」。這些字句讓我想到的是石川啄木的：「事物的味道，我嘗的太早了」。

於是在別離以後，有苦悶、有悵惘、有懷舊，成為近於鄉愁、混雜而難以言明的情感。貫串這些詩作的主軸，是作者在與某件事物「離別」。可能是特定的人、某個成長的階段、過去的生活等等。「離別」是各地文學所共享的主題之一，唐詩宋詞多敘離別。日本古典文學名著古今和歌集或源氏物語也多提及「別れ」（離別）。但相較於《文選・箜篌引》中對待時間的「知命亦何憂」自我安頓。小光的詩作中的時間更帶有一種對時間流逝以及無處可棲身的焦慮。例如「日子義無反顧地死去／我們的船只剩下一些記憶」、「往乾燥的領域行走／生活與動作不自覺地慢慢兩棲／而記憶的魚鱗太多／陽光跋涉於此，看見每一個／世代測量自己腐爛的程度」。

由此開展，「時間」與「記憶」是小光詩中常見的關鍵字。例如：「青春的牆垣一直在那裡／被時間鑿成一個洞穴／我們曾寄居於此」、「直到遲來的時間／不斷對折，我才從／透明的雨水演變成土」、「寂靜的鄉愁趨向最大值／瞄準的經緯線卻怎麼都無法／抵達守舊的記憶」。

詩作的主題或許是從隨著時間流逝所帶來的離別記憶的開始，詩中的敘事者大多抱持懷舊、鄉愁的情感移動。例如：「兩座巨大的箱子／分別盤踞在沿海的左側／我時常往返，最後／成為了繫緊兩端的麻繩」、「終日我漂浮在日月之間／妄想有一天能夠還原／自己的原形」、「我背著你不要的情緒／和另一個自己／前往海域」等等。透過寫作，小光反覆探詢離別的出口，大多是追念與反思式的結尾，例如「煮一杯咖啡，餵食，逾期的玫瑰；當背叛輕壓我的靈魂，聽起來有些空洞，彷彿乾燥的你」。有虛無主義式的結尾，如「情緒著裝向前躍入／一座陽光無法抵達的密室」或者是如詩句說的要重整自己，但也不禁令人疑惑人真有詩句所謂的「自己的原形」嗎？這種追求是否容易墜入唯我主義的個人世界？

二、從離別出發的探索

但如果我們再繼續看下去，會發現小光的詩不只是寫離別，還包括了開展對外在世界的新的旅程。有「潮汐，關於某些分明的性格／拍岸或許就是意義」之類對於過程的審視，也有著「生活的大雨沿著／街燈的背脊順勢而下／我撐起一把沒有被塗鴉過的傘／企圖掩護一個人／旅行的縫隙」之類決定前行的孤獨與堅定。有了走出懷舊與自我的嘗試，小光的詩作開展了對他者的書寫。有告別過去以及對未知探索，有從個人的體驗到人類共通命運。例如把兩者辯證連結的〈餘生〉，起先是看似理所當然的日常：「或許我們都習慣了／有菸抽的日子。點燃世故／在工作之餘離開桌椅／從日常的曠野裡貼聽一些理想：」到了「平行世界的彼端」是未滿十二歲與生存奮鬥的少年，「巴格達的皇宮，始終有許多／說書的人，民兵總是嫌棄／一千零一個故事太長／太像一種妥協了」。整首詩看似是兩個世界的拼貼置放，然而看似「現世安穩」的世界，卻是由許多妥協換來的。從「有菸抽的日子。點燃世故／」到末尾「關於親人的冷，以及未完成的儀式／都在烈火中黯然舉行，彷彿／每一次燃燒就會發現自己／擁有和父親相似的臉孔」。從世故的星火，到戰亂衝突的烈火，都是內容與形式的設計充分結合的巧思。

不只是遙遠的國度，詩中也有對於原住民文化的探索，如〈TIAKINACEMLELJAN〉、〈TUK〉等詩。或是對城市的描寫，如〈無為草堂〉、〈瘋人冰〉、〈豐原甲申年三獻清醮〉等等詩作，不乏有〈瘋人冰〉中借物抒情的機敏句子「雪國不再。懷舊的情緒容易／微酸，轉角略為消瘦／屬性烏梅，然而，碎冰的姿態太多／標記成聚焦的水分，默默／攪和為舌尖的皺褶」。以及對於歷史的感悟，如〈二二八・圍城〉、〈慰安婦〉、〈廖添丁，你不是英雄？〉等詩作。也有對於時事的隨想，如〈剪刀、石頭、布〉、〈關於古蹟自燃的預言〉中的「嘆息歷史怎麼會如此乾燥」等無奈的諷刺。

三、詩的張力

什克洛夫斯基等俄國形式主義曾用陌生化理論來解釋文學的張力。使用的意象以及其使用方式，都使作家的風格具有可辨識度，但那同時也使詩逐漸失去陌生化的效果。小光的詩作已經逐漸成熟定型，已有習於使用的語義場構築自身的意象世界。因此如同其他詩人，小光面臨的挑戰是如何以自己的詩作為前文本，再度達成陌生化的效果。

在小光的這些嘗試之中，我認為最不落窠臼的是擬人手法的詩作。或許透過擬人的手法，詩中的敘事者更能拋開作者自身的習癖與包袱。例如〈工蜂〉、〈大鯨魚之家〉、〈小強〉中活潑與富有巧思的字句，「這座城市總有太多的鄙視／──我們習性觸碰黑暗／以長鬚的靈感預測下一步／生命的方向，清除食物的形體／與靈魂，並以全身的愛／氮化這狂喜的負擔」。

或者是〈TUK〉中「十二點九公里的雪／下不進一個隧道／行車往光源的地方朝聖／一朵尚未開口的刺桐花／被貪婪的眼拍成遺照」。〈TUK〉這首詩雖然沒有使用黑暗，還使用了光源的意象，但整首詩卻呈現陰冷的淡藍色調。雪山隧道或許意味著經濟上的光芒，但部落卻像是被掩蓋的「下不進的隧道」。這是因為光芒一向是想像共同體的內部成員才能感受的恩澤。在想像的共同體（imagined Community）之外，當代的Rob Nixon、Robert Thornton等人都論述了不被想像的共同體（Unimagined Community）的概念，國體的召喚照亮了某些人，但同時製造了陰影。以Rob Nixon的話來說，陰影中的人是在黑暗中被殲滅（in darkness, wiped out）。

綜上所述，小光詩作的意象技巧已越趨成熟之外，當然也有可再改善磨練之處。像是書寫自我面臨著自我重複的問題（這是普遍的問題並非特指作者）；書寫各國風情流於浮面；書寫文化社會雖有佳篇警句但也能再使思想更深刻、使批判更有力道……等等。但詩集中也有許多成功的陌生化前文本的詩，這類較為成功的詩，不只是因為意象使用的技巧，大多是讓他者充分地在詩中棲居成為詩中的行動者，而讓自我成為旁觀者。透過這種主客體的對視，使詩突破了自我的體驗而與他人的命運產生連結。筆者認為在這本詩集之中，小光已經找到一條有效而明確的寫作方向。但或許小光對此亦有懷疑，因為寫詩也如同「一千零一個故事太長／太像一種妥協了」，小光拋出的是我不知能如何回應的問題。因此最後僅期許自己跟小光一起在堅信中創作，在懷疑中成長。

BOD Books on Demand

語言文學類　PG1815　吹鼓吹詩人叢書35

記得我曾經存在過

作　　者 / 柯彥瑩（余小光）
主　　編 / 蘇紹連
責任編輯 / 盧羿珊、辛秉學
圖文排版 / 周好靜
封面封底插圖 / 簡佑君
封面完稿 / 楊廣榕
內頁插畫 / 鄭羽婷
內頁攝影 / 羅國瑋

發 行 人 / 宋政坤
法律顧問 / 毛國樑　律師
出版發行 / 秀威資訊科技股份有限公司
114台北市內湖區瑞光路76巷65號1樓
電話：+886-2-2796-3638　傳真：+886-2-2796-1377
http://www.showwe.com.tw
劃撥帳號 / 19563868　戶名：秀威資訊科技股份有限公司
讀者服務信箱：service@showwe.com.tw
展售門市 / 國家書店（松江門市）
104台北市中山區松江路209號1樓
電話：+886-2-2518-0207　傳真：+886-2-2518-0778
網路訂購 / 秀威網路書店：http://store.showwe.tw
國家網路書店：http://www.govbooks.com.tw

2017年11月　BOD一版
定價：280元

國家圖書館出版品預行編目

記得我曾經存在過 / 柯彥瑩 (余小光) 著. -- 一版. -- 臺北市 : 秀威資訊科技, 2017.11
面 ;　公分. -- (吹鼓吹詩人叢書 ; 35)
BOD版
ISBN 978-986-326-445-3(平裝)

851.486　　　106010700

讀者回函卡

感謝您購買本書，為提升服務品質，請填妥以下資料，將讀者回函卡直接寄回或傳真本公司，收到您的寶貴意見後，我們會收藏記錄及檢討，謝謝！

如您需要了解本公司最新出版書目、購書優惠或企劃活動，歡迎您上網查詢或下載相關資料：http:// www.showwe.com.tw

您購買的書名：________________________________

出生日期：________年________月________日

學歷：□高中（含）以下　□大專　□研究所（含）以上

職業：□製造業　□金融業　□資訊業　□軍警　□傳播業　□自由業

□服務業　□公務員　□教職　□學生　□家管　□其它_____

購書地點：□網路書店　□實體書店　□書展　□郵購　□贈閱　□其他

您從何得知本書的消息？

□網路書店　□實體書店　□網路搜尋　□電子報　□書訊　□雜誌

□傳播媒體　□親友推薦　□網站推薦　□部落格　□其他__________

您對本書的評價：（請填代號　1.非常滿意　2.滿意　3.尚可　4.再改進）

封面設計____　版面編排____　內容____　文／譯筆____　價格____

讀完書後您覺得：

□很有收穫　□有收穫　□收穫不多　□沒收穫

對我們的建議：________________________________

____

____

____

請貼
郵票

11466
台北市內湖區瑞光路 76 巷 65 號 1 樓
秀威資訊科技股份有限公司 收
BOD 數位出版事業部

（請沿線對折寄回，謝謝！）

姓　名：＿＿＿＿＿＿＿＿ 年齡：＿＿＿＿ 性別：□女　□男

郵遞區號：□□□□□

地　址：＿＿＿＿＿＿＿＿＿＿＿＿＿＿＿＿

聯絡電話：(日)＿＿＿＿＿＿＿＿ (夜)＿＿＿＿＿＿＿＿

E-mail：＿＿＿＿＿＿＿＿＿＿＿＿＿＿＿＿